あやかし薬膳カフェ「おおかみ」3

森原すみれ Sumire Morihara

アルファポリス文庫

https://www.alphapolis.co.jp/

プロローグ

「よし。これでピカピカ、綺麗《きれい》になったかな」

手にした指輪を柔らかな布で隅々まで磨《みが》き終《お》え、桜良日鞠《さくらひまり》は満足げに頷いた。

優しい乳白色《にゅうはくしょく》のパールが嵌《は》め込《こ》まれたアンティーク調のそれは、窓から降《ふ》り注《そそ》ぐ朝陽を浴びてきらきらと瞬《またた》いている。

シルバーの台座には細やかな蔦《つた》の模様が彫《ほ》られており、指輪の内側には可愛《かわい》らしい小花の模様が密《ひそ》かに刻《きざ》まれていた。

去年のクリスマスイブに、恋人の大神孝太朗《おおかみこうたろう》から贈《おく》られた大切な指輪だ。

孝太朗が生まれると同時に亡《な》くなった母親の、形見の品なのだという。

「孝太朗さんのお母さん、一体どんな人だったんだろうな」

遺《のこ》されたものの中には写真もなく、孝太朗自身面影《おもかげ》を知る術《すべ》はなかったらしい。

それでもきっと、心の温かな人だったに違いないと日鞠は思う。

大切な人の大切な存在に想いを馳《は》せながら、日鞠は指輪をそっと右手中指に嵌める。

ふと顔を上げると、壁にかかった時計の短針が、十時を指そうとしているのが目に留まった。

「あっ、そういえば、今日はお昼前にご飯の買い出しに行こうって約束をしていたんだっけ」

日鞠は、机の上のものを手早く片付けて自室を出る。

ダイニングキッチンに人の姿がないことを確認すると、自室の隣にある和室の襖越《ふすまご》しに声をかけた。

「孝太朗さん。入っても大丈夫ですか」

「ああ」

中から聞こえた落ち着いた声に、日鞠は襖をすっと開く。

珍しく部屋の中央に座卓《ざたく》を置いていた孝太朗は、何やら荷物の整理をしているようだった。

長めの艶《つや》やかな黒髪の隙間から、強い眼差《まなざ》しが日鞠に向けられる。

「孝太朗さん、お片付け中でしたか」

「ああ。少し物の整理をしていた」

畳《たたみ》に胡座《あぐら》をかいたまま、孝太朗は静かに答える。

座卓の上には金属製の長方形の箱と、その中に収められていたらしい品々があった。

孝太朗がこんなふうに物を広げるなんて珍しい。

そんな風に思っていた日鞠の足元に、ふわりと白い紙が舞い落ちた。

一通のハガキだ。

「悪い。落とした」

「大丈夫ですよ。はいどうぞ……」

笑顔でハガキを拾い上げた瞬間、日鞠の胸がどきっと跳《は》ねる。

宛名面の左下に、女性の名が記《しる》されていたように見えたからだ。

一瞬しか見えなかったが、『夏帆』と書かれていた気がする。

『かほ』──と読むのだろうか。

「俺の母が遺したハガキだ。宛先は書かれないまま保管されていた」

「あっ、なるほど。孝太朗さんのお母さんでしたか……！」

日鞠の心に湧き出た疑問に対し、間髪《かんはつ》をいれずに与えられた解答に、思わず素《す》っ頓狂《とんきょう》な声が出る。

怪訝《けげん》な顔でこちらを見る孝太朗に、日鞠は小さく苦笑した。

「すみません、その、送り主の欄《らん》に女性のお名前が見えたものですから。孝太朗さんが過去に受け取ったラブレターなのかな、なんて思ってしまって」

あんな一瞬でヤキモチを焼いてしまうなんて、自分が少し情けない。

そんな日鞠の様子を目にした孝太朗は、小さく息を吐いた。

「ここにあるのは母の形見の品だ。書き残した手紙や筆記用具に小物類くらいだが、この箱に仕舞《しま》っている」

「そうだったんですね」

「俺にラブレターなんざ寄越してくる物好きはいない。余計な心配は必要ねえよ」

「……いますよ？　孝太朗さんを想っている人なら、ここに一人います」

日鞠が恥じらいながらも小さく反論すると、孝太朗は動きを止めた。

おずおずと様子を窺《うかが》う日鞠から、孝太朗はすっと視線を外す。

呆《あき》れられてしまっただろうか。

「孝太朗、さん？」

返事がない。

逸《そ》らされた顔にかかる少し長めの黒髪から、僅《わず》かに覗《のぞ》く耳元。

あ、と気づき、日鞠は目を見張った。

もしかして孝太朗さん……照れている？

「昼の買い出しの件だろう。俺も声をかけようと思っていた。そろそろ行くか」

「は、はい。今日は午後から雪が降り出す予報でしたもんね」

形見の箱を仕舞い終えた孝太朗は、すでにいつもの落ち着いた表情に戻っていた。

それでも、徐々《じょじょ》に感じ取れるようになってきた想い人の感情の微細な変化に、日鞠は胸が温かくなる。

恋人の孝太朗とは、去年の春から一つ屋根の下で共同生活をしていた。

正確には、孝太朗が一人暮らしをしていた自宅兼店舗の建物に、路頭に迷った日鞠が転がり込んだのだ。

そして日鞠は辿《たど》り着《つ》いたこの街に根をおろし、一階店舗での職を手にし、不器用ながらも同居人と想いを通わせた。

「雪はまだだが、今日は一段と冷えるぞ。ちゃんと着込んでこいよ」

「はい。さすがに二月ともなれば、北海道《ほっかいどう》の冬の厳しさは身をもってわかっていますから」

二月に入ったばかりの北海道は、街中が白い雪に包まれている。

日鞠は防寒機能抜群のダウンコートをまとい、一番上のボタンまでしっかり留《と》めた。耳当てと手袋を装着し、最後に財布を入れたポシェットを斜めがけにして、準備完了だ。

「わっ、寒い！」

「だから言っただろう」

外への扉を開くと、確かに驚くほどの寒さだった。

二階玄関から伸びる外付けの階段を、滑《すべ》らないように慎重に降りていく。

自宅兼店舗の向かいにある公園は白銀に覆《おお》われ、小高い雪山がいくつもできあがっていた。

はあっと白い息を吐いたあと、ふと日鞠は一階の大窓の向こうを覗き込む。

「窓を覗いても、中は見えねえぞ」

「ですね。でも、今日はお休みだとわかっていても、こうして中を覗いてしまうんです。このカフェは、大好きな人たちとの時間がたくさん詰まった大切な場所ですから」

日鞠は小さく微笑《ほほえ》みながら、一階扉に提げられたCLOSEの札をつんと指先で突いた。

薬膳《やくぜん》カフェ「おおかみ」。

日鞠たちが住まう建物の、一階に広がるカフェ店舗。

この街の人々の憩《いこ》いの場であり、行く当てなく彷徨《さまよ》っていた日鞠を迎え入れてくれた、帰るべき場所だ。

「厳密には、『人』だけじゃあねえけどな」

「ふふ、確かにそうですね」

「行くぞ。足元に気をつけろ」

「はい」

降り積もる雪で細くなった歩道を、孝太朗が先導して歩いてくれる。

日鞠も雪に足を取られないように、一歩一歩気をつけながら進んでいった。

人だけじゃない。

先ほどの孝太朗の言葉を振り返り、日鞠は再び笑みをこぼす。

その言葉のとおり、薬膳《やくぜん》カフェ「おおかみ」に集《つど》うのは人間だけではない。

人ならざるもの。

この街に密かに棲《す》まうあやかしたちもまた、美味《おい》しい薬膳茶《やくぜんちゃ》と癒《い》やしの一時を求めて訪れる。

この街のあやかしを統《す》べる狼のあやかし——山神である孝太朗が営む、この薬膳《やくぜん》カフェへと。

第一話　二月、五徳猫《ごとくねこ》とチョコレート

「孝太朗さん、今日は何を買う予定ですか」

「色々あるが、まずは大根だな。今日は昆布出汁《こんぶだし》をしっかりとった大根鍋に使う」

「わあ、想像するだけでも美味しそうですね。とても楽しみです！」

駅前のスーパーへ向かった二人は、賑《にぎ》わう人混みの中、食材コーナーを渡り歩いていた。

カフェの厨房《ちゅうぼう》を一手に担《にな》うだけあり、孝太朗は驚くほど料理がうまい。

日鞠とて数年間は都内で一人暮らしをしてきた。そのため料理は人並み程度にできると自負しているが、二人の間にはやはり越えられない壁がある。

会計を済ませ、エコバックに手際よく商品を詰めていく。

食品エリアから出入り口まで歩いていると、孝太朗がふと足を止めた。

「日鞠。書店に寄っていいか。買いたい本がある」

「わかりました。私はここで待っていますね」

このスーパー内には出入り口近くに書店があり、日鞠もよく利用している。

　短く「すぐ戻る」と告げた孝太朗は、書店へと入っていった。

　孝太朗はよく本を読む。今回はどんな本を買うのだろうと思いつつ、日鞠は通路に面する書架《しょか》を眺《なが》めた。

　そこに並ぶ書籍たちを前にして、日鞠ははっと大きく目を開く。

「『バレンタインデー特集』……」

　そうだ。今は二月上旬。

　節分の次に待ち構えるイベントは何かと問われれば、やはりバレンタインデーが思いつく。

　目の前の棚には『バレンタインデー特集』と称され、お菓子関連のレシピ本や小説、チョコレートがモチーフの雑貨や文具が華《はな》やかに並べられていた。

　バレンタインデー。

　実家を離れて以降、まるで関わりのなかった行事だ。

「待たせた」

「ひゃっ⁉」

　いつの間にか背後に立っていた孝太朗の声に、日鞠は素早く振り返った。

　すでに会計を済ませてきたらしい。

「は、早かったですね孝太朗さん！　さあさあ、早く家に帰りましょう！　あまりよそ見をしないようにして……！」

「あ？　何か急ぎの用でもあったのか」

「あ、あったようななかったような？　でもほら、大根鍋の準備をしないといけませんし、なるべく早く帰ったほうがいいんじゃないかなと思いまして……！」

解《げ》せない様子の孝太朗の背を半《なか》ば押すようにして、日鞠はその場を離脱することに成功した。

あの可愛らしいバレンタインデーの文字は、孝太朗の目にも入ってしまっただろうか。

入ってしまったとしたら、孝太朗は一体何を思っただろう。

孝太朗と恋人になって初めて迎えるバレンタインデー。

甘い甘いイベントに、日鞠はさっそく頭を抱えることになった。


翌日。

通常営業中の薬膳《やくぜん》カフェには、今日も穏《おだ》やかな時が流れていた。

このカフェには、冬の寒さに震える人々をふわりと包み込むような温もりがある。

明るい木目調のインテリアに、観葉植物が与える緑や赤の色彩。

座り心地のいいソファー席とカウンター席の傍《かたわ》らには、自由に使える膝掛けが置かれていた。

辺りに漂《ただよ》う薬膳茶《やくぜんちゃ》の柔らかな香りが、訪れた人々の心をそっと解きほぐしていく。

「日鞠ちゃんには、バレンタインデーにチョコレートをあげるお相手はいるのかしら？」

「……へっ？」

客足が減り、一段落した頃。

テーブルを布巾で拭いていた日鞠は、唐突に投げかけられた質問に驚いて声を上げた。

振り返ると、窓際カウンター席の七嶋《ななしま》のおばあちゃんが、にこにことこちらを見つめている。

ゆるりとパーマがかかったロマンスグレーの髪と、少し下がった優しい目尻。七嶋のおばあちゃんは薬膳《やくぜん》カフェ開店当初からの客人で、街に越してきた日鞠を温かく迎えてくれた友人の一人だ。

「最近お出掛けすると、あちこちでバレンタインデーの文字が目に留まるのよねえ。私はもうそんなお相手もいないけれど、日鞠ちゃんならきっと、素敵なお相手がいるのよね？」

「え、そ、それは」

日鞠は咄嗟に辺りを見渡す。

店内に他の客人がいないことを確認し、日鞠はすすす、と身体を寄せた。

「渡せたらいいなと思う相手はいるんです。ですがその、実は私、家族以外にチョコレートを渡す経験なんて今までなくて」

「経験なんて関係ないわ。その真っ直ぐな気持ちさえあれば、大抵《たいてい》のことはうまくいくものよ」

七嶋のおばあちゃんがくれる言葉は、いつも自然と心に沁《し》み込《こ》んでいく。

七嶋のおばあちゃんは少しいたずらっぽい笑みを向けると、日鞠の耳元でそっと囁《ささや》いた。

「ちなみにね。この薬膳《やくぜん》カフェのバレンタインデーは、営業時間内のチョコレートの受け取りは全面禁止なの。だから、チョコレートを渡すなら営業時間外がおすすめね」

「……！　そうだったんですね」

客人からのチョコレートの取り扱いは気になっていたところだったので、とても有益な情報だ。一応あとで、孝太朗にも確認を取ることにしよう。

「以前のバレンタインに類《るい》くんのファンの子たちがカフェに大殺到したのをきっかけに、店長さんがルールを定めたらしいのね。あの時の人の波は、本当にすごかったわあ」

「大殺到ですか。さすが類さんですね」

「なになにー？　俺の何がさすがなの？」

「わ、類さん！」

厨房で洗いものを終えたらしい類が、爽《さわ》やかな笑みを携《たずさ》えて二人のもとに現れる。

穂村《ほむら》類。薬膳《やくぜん》カフェ「おおかみ」に開店当初から勤務する、ホールスタッフの先輩だ。

店長である孝太朗の幼馴染《おさななじ》みにして、あやかしの狐の血を引く、由緒《ゆいしょ》正しい家系の嫡男《ちゃくなん》でもある。

明るい茶髪に白い肌。すらりと高い身長とモデルのような体形は、カフェを訪れた客人の目を真っ先に惹《ひ》いてしまう。愛想《あいそ》のいい人柄も相まって、日々大半の客から目の保養とあがめられているほどだ。

「バレンタインデーのお話よ。以前は類くんにチョコレートを渡したいお客さんで、とても盛り上がっていたわよねえ」

「ははっ。その節は本当にお騒《さわ》がせいたしました」

「いいのよ。それだけ類くんも店長さんも、魅力ある素敵な人だということだもの」

「あ、あの。やっぱり孝太朗さんも、お客さまからチョコレートを渡されていたんでしょうか……?」

声のボリュームを極限まで下げつつ、日鞠は思いきって質問をぶつけた。

バレンタインデーは、想い人にチョコレートとともに好意を伝える絶好の機会だ。

孝太朗は、類と同様に見目麗《みめうるわ》しい。わかりやすい愛嬌《あいきょう》こそないものの、心優しい彼のことだ。その魅力に惹かれた女性がいても何らおかしくはない。

「そうねえ。渡されている場面は、何度か見かけたことがあるわね」

「やっぱり、そうですよね」

「でも孝太朗は、本命チョコは受け取らない主義だったから。義理チョコなら受け取っていた時期もあったけれど、区別するのも難しいでしょ。だからここ最近は、一律受け取らないことにしているらしいよ」

「そ、そうだったんですか」

安堵《あんど》の色が声に滲《にじ》み出《で》てしまって気恥ずかしい。

思わず顔を赤くする日鞠に、類と七嶋のおばあちゃんは揃《そろ》って柔らかな笑みを浮かべた。

その後、会計を済ませた七嶋のおばあちゃんを見送る日鞠に、類が近寄ってくる。

「日鞠ちゃん日鞠ちゃん。七嶋のおばあちゃんさ、日鞠ちゃんと孝太朗が恋仲だってこと、やっぱり気づいているんじゃない？」

「どうなんでしょう……でも少なくとも、私のほうからはっきりお伝えしたことも、七嶋のおばあちゃんから指摘されたこともないですよ。わざわざ自分から皆さんにお伝えするのは、やっぱり少し照れくさくて」

日鞠と孝太朗が恋人になって以降、聡《さと》い客人からは「ついに付き合いはじめたの⁉」と確認されることがあった。

しかし、聞かれていない相手にまで二人の関係を明言する必要はない。これは日鞠と孝太朗の共通認識でもあった。

「でも不思議《ふしぎ》なもので、七嶋のおばあちゃんには何でもお見通しなんじゃないかと思えるんですよね」

「はは、それ少しわかるかも。何にせよ、七嶋のおばあちゃんならきっと日鞠ちゃんたちのことを応援してくれると思うよ」

「おい。客がいなくなったからって駄弁《だべ》ってるなよ。食器を早く下げろ」

「あっ、はい。すみません！」

厨房から飛んできた孝太朗の低い声に、日鞠は慌ててカウンターの片付けに入った。

食器を類に託しカウンターテーブルの拭き掃除をする日鞠だったが、ふと大窓に映《うつ》る人影に気づく。

客人だろうか。そう思い扉を開け外に出てみると、すでにその人は道の向こうへ走り去っていた。

緩いウェーブがかけられたロングヘアの女性だ。

ここ最近薬膳《やくぜん》カフェに通ってくれている女性だったと記憶しているが、今日は時間の都合が付かなかったのだろうか。

首を傾《かし》げて扉を閉めようとした矢先、反対側の通りから近づいてくる人物に気づいた。

「こんにちは、日鞠さん。お邪魔します」

「有栖《ありす》さん！　いらっしゃいませ」

現れた人物に、日鞠はぱっと笑みを浮かべる。

来店した女性は、楠木《くすき》有栖。日鞠がこの薬膳《やくぜん》カフェに勤《つと》めはじめて以降の常連さんだ。

まるで人形のような端整な顔立ちに、首に触れる長さで揃えられた髪。美しく澄《す》んだ瞳《ひとみ》は、何度見てもどきりと胸が震えてしまう。

今日は私服のロリータ服ではなく通勤時のパンツスーツスタイルで、凛《りん》とした雰囲気が一層際立っていた。

日鞠が中へ案内すると、厨房から顔を出した類が笑顔で話しかける。

「有栖ちゃん。もう仕事終わったんだね。今日もお疲れさま」

「はい。類さんもお疲れさまです」

「うん。ありがとう」

他に客人がないこともあってか、類と有栖の間には打ち解け合った気安い空気が流れる。

実は何を隠そうこの二人、つい先日に恋人同士になったばかりなのだ。

類の三十歳の誕生日に起きたお家騒動に端を発する、あれやこれやのいざこざ。一時はどうなるかと思われた二人だったが、無事に想いを通わせることができた。

それはずっと二人の仲を案じていた日鞠にはもちろん、きっと孝太朗にとってもとても喜ばしいことだった。

「好きな席に座ってね。今日も、いつもの薬膳茶《やくぜんちゃ》でいいかな？」

「ありがとうございます。でもすみません。今日は類さん、極力こちらに近づかないでもらえますか。可能であれば、配膳も日鞠さんにお願いします」

「……えっ」

先ほどまでの和《なご》やかな空気が一変する。

有栖の口からさらりと出た「近づかないで」の言葉に、類はもちろん日鞠も目を丸くした。

まさかと思うが、付き合いはじめて一ヶ月も経たずして、類が有栖に不誠実なことでもしたのだろうか。

そんなわけないと思いつつも、明確に類を拒絶する有栖を前に、日鞠は思わず類へ非難の視線を向けた。厨房から出てきた孝太朗も同様だった。

「類さん……？」

「類、ちょっと話がある」

「ちょ、ちょ、ちょっと待って！　えっ、二人とも何その俺への疑念しかない視線！　ひどくない⁉」

いつもの調子で声を上げる類。

どうやら本当に身に覚えがないらしい。

「ええっと、有栖ちゃん。近づかないでほしいっていうのは一体どうして……あ、俺、何か君の気に障《さわ》るようなことをした？」

「？　いいえ。そんなことはまったくありません」

どうしてそんなことを聞くのかわからない。そんな表情で有栖はこてんと首を傾げる。

どうやら先ほどの発言は、類への嫌悪から出たわけではないらしい。

「ただ今日は、少し日鞠さんにご相談したいことがあるんです。類さんには、特に内密に」

「私に相談、ですか？」

いまだ有栖の意図を汲《く》めずにいる日鞠だったが、類は何かを察したらしい。

素直に引き下がった類に戸惑いつつ、日鞠は言われるままに有栖の席にお冷《ひ》やを届けた。

「日鞠さん」

口元に手を添え、有栖が日鞠のほうへそっと身体を乗り出す。

「先ほどもお伝えしたとおり、日鞠さんに折り入ってご相談したいことがあるんです」

「はい。私でよければいくらでも」

「実は……バレンタインデーの、チョコレートについてなんですが」

ふわりと桜色に色づいた有栖の頬に、日鞠はようやくすべての事情を悟《さと》った。

「有栖さんがバレンタインデーの相談に来たこと、類さんはすぐに気づいたみたいですね」

「あの上機嫌ぶりは、見ているこっちが胸焼けしそうだったな」

本日のカフェ営業を終えたあと。

日鞠と孝太朗は二階自宅へと戻り、ダイニングテーブルで一息ついていた。

そして交わされるのは、先ほどにこにこ笑顔で家路についた同僚についての話だ。

昔から類は異性関係に奔放《ほんぽう》だったと聞く。

そんな彼が初めて経験した、本気の恋。

最愛の恋人からもらうチョコレートとくれば、喜びもひとしおなのだろう。

「類さんは甘いものが苦手ということはなさそうですけれど、実はチョコレートだけは苦手、なんてこともありませんよね？」

「あいつは基本的に甘いもんは何でも食う。苦手なものは生魚くらいだ」

「よかった。それなら安心ですね」

すでにバレている様子ではあるが、やはり有栖としては、類に内密でチョコレートを準備したいらしい。

そう語る有栖の表情はやはり恋する乙女そのもので、日鞠は自然と口元に笑みを浮かべていた。

「類さんと有栖さん、素敵なバレンタインデーを過ごせるといいですね。なんといっても、恋人になって初めてのバレンタインデーですから」

「そうだな」

「……あ」

今の発言が、そのまま自分たちにも当てはまることだと気づく。

孝太朗は、バレンタインデーについてどう考えているのだろう。

「あの、孝太朗さん」

「なんだ」

「え、ええっと。その」

濁《にご》りのない瞳で見つめられ、頬にじわじわと熱が集まっていく。

しばらく視線をゆらゆらと泳がせたあと、日鞠は両手でそっと自分の顔を隠した。

「孝太朗さんは……その、あの」

「ん」

「私の作ったチョコレート、食べてくれますか……？」

現物を渡したわけでも、再度愛の告白をしたわけでもない。

それなのに、こんなに鼓動が鳴り響いてやまないのはどうしてなのだろう。

齢《よわい》二十六歳にして訪れた初恋。

気持ちを自覚して半年以上経《た》った今でも、この感情をコントロールすることは難しい。

指の隙間から、日鞠はそっと孝太朗の様子を窺う。

こちらを見つめる孝太朗のまつげが、ほんの僅かに揺れた気がした。

「孝太朗さん？」

「……当然だろ。食べるに決まっている」

「よかった……！」

返ってきたぶっきらぼうな答えに、日鞠はぱっと顔を綻《ほころ》ばせる。

恋人になって初めてのバレンタインデーには、頑張って手作りのチョコレートを贈りたい。

バレンタインデーの到来を知ってから、日鞠が自然と考えていたことだった。

「腕によりをかけますから。楽しみにしていてくださいね！」

「ああ。期待している」

とはいえ孝太朗の料理の腕を知る身としては、手作りお菓子を渡すこと自体に色々と勇気が必要だったりもする。

未熟な部分は、目一杯に込める予定の愛情でカバーすることにしよう。

雪で白く染まった歩道を数分歩いていった先に、その建物はあった。

大きかった。

ちょっと周囲から浮いているくらいには大きい豪邸《ごうてい》だ。

「どうぞ、気兼ねなく過ごされてくださいね」

「はい……」

カフェ休業日の今日、日鞠は初めて有栖の自宅へお呼ばれしていた。

北広島駅《きたひろしまえき》からバスに乗って十分弱。指定されたバス停で降りた日鞠を、有栖はいつものロリータ服とポンチョコート姿で迎えてくれた。

玄関扉の向こうに広がる光景に、日鞠は思わず感嘆の息を漏《も》らす。

建物の外観から想像はしていた。

が、通されたリビングは日鞠が知る一般家庭のそれよりも遙《はる》かに広かった。

家具類はすべてアンティーク調のもので揃えられ、シャンデリアのような華やかな照明が頭上できらきらと瞬いている。

「日鞠さん。よければコートをお預かりします」

「あっ。す、すみません！」

「いいえ。カフェではいつも私が皆さんにしていただいていることですから」

そう言いながら小さく微笑を見せる有栖に、日鞠は懲《こ》りずにぽうっと見惚《みと》れてしまう。

「両親は今海外で仕事をしていて、長期で家を空《あ》けているんです。今日はお手伝いさんが来る予定もありませんから、どうぞリラックスされてくださいね」

「リラックス……は、はい。わかりましたっ」

海外でお仕事。お手伝いさん。リラックス。あれ、リラックスってどうするんだっけ。

ひとまず促されたソファーに、恐る恐る腰を下ろす。

柔らかく沈んだソファーからは、ふわりと甘い花の香りがした。

「今日は、わざわざお越しいただいてありがとうございます。せっかくの休日なのに、お時間を頂戴してしまって申し訳ないです」

「いいえ。私も有栖さんにお誘いいただいて、とても嬉《うれ》しかったです」

「ふふ。そう言っていただけると嬉しいです」

有栖が、お洒落《しゃれ》なティーカップに淹《い》れた紅茶を運んでくる。

緊張ですっかり喉《のど》が渇《かわ》いていたことに気づき、日鞠はそっとカップに口を付けた。

異国の風味を感じる紅茶は、とても美味しかった。

「それでさっそくですが、今日は是非、日鞠さんのお力をお借りしたいんです」

互いのティーカップが空《から》になる頃合いに、有栖が静かに口を開いた。

日鞠も、神妙な顔つきで大きく頷く。

「バレンタインデーのチョコレート作りのミッション、ですね」

「はい。恥ずかしながら私、生まれてこのかたチョコレートを作ったことがないんです。バレンタインデーも自分とは無縁の行事で、これからもずっとそうだと信じて疑わなかったので」

「わかります。とっても」

日鞠とて、恋人に贈るチョコレート作りは今回が初めてだった。

つまり本日のミッションは、『人生初の本命チョコレート作りにチャレンジしよう』だ。

「チョコレート菓子といっても色々なものがありますが、有栖さんが作りたいものはどれですか？」

「はい。悩んだ末《すえ》、こちらのレシピ本を購入してみたんですが」

テーブルに広げたレシピ本を、二人は揃って覗き込む。

そこには、目移りするほど魅力的なチョコレート菓子の数々が掲載されていた。

どうやらこのレシピ本は、チョコレート菓子に特化したものらしい。

「とても見やすい本ですね。さすがは図書館司書さん。バレンタインデーに最適な書籍選びもばっちりですね」

「できるだけわかりやすそうなものを選んでみました。まずは初心者向けをと思いまして。レパートリーも豊富で、見ているだけでも楽しいんですよね」

「わあ、どれも美味しそうですね。生チョコレート、ガトーショコラ、フォンダンショコラ……私、高校時代に家族に向けて生チョコレートを作った記憶があります」

「本当ですか。日鞠さん、すごいですね」

尊敬の眼差しを向けられ、日鞠は慌てて首を横に振る。

「生チョコレートはそこまで難しいお菓子じゃありませんから」

「そうなんですね……それなら、私も生チョコレート作りに挑戦してみようと思います」

「いいですね！　あ、ちょうどこのページに作り方が載っていますよ」

レシピの内容を注意深く読み込んでいる有栖の横顔はとても一生懸命で、胸にほんわか温かなものが生まれてくる。

「ようし。それでは、さっそく始めましょうか！」

「はい。想像しただけでわくわくします。想い人のために作るチョコレートって、素敵なものですね」

有栖の小さな微笑みに、日鞠もつられて笑みがこぼれる。

生チョコレートであれば、事前に一通り購入してきていた材料だけで十分だろう。

調理用具も不足なく揃っている。

あとはレシピどおりに工程を進めれば問題ない。

この時の日鞠は、そう信じて疑っていなかった。

「日鞠さん、本当に、本当にすみません……！」

幾度となく下げられる有栖の頭を、日鞠はこれまた幾度となく上げるように促す。

「大丈夫ですよ有栖さん！　初めてでうまくいくほうが珍しいものですから！　もう一回、諦めずにトライしてみましょう！」

「ぜひ、そうしたいところなんですが」

「はい！　やってみましょう！」

「材料のチョコレートが、すべてなくなってしまいました……」

「……」

力ない有栖の報告に、日鞠は言葉を失った。

帰りのバスに揺られながら一人駅前まで向かう日鞠は、本日の成果を振り返りため息をついた。

由々《ゆゆ》しき事態だ。

どうしよう。どうしたら、どうにかできるのだろう。

「うう。私の見通しが甘すぎた……」

有栖は、料理が不得手だった。

どの程度不得手かというと、買い込んでいた製菓用の板チョコ十枚をすべて無に帰《き》してしまうほど、といえばいいだろうか。

チョコレートの大半は、耐熱ボウルの底に黒くへばりついた。残りの半分は美しく磨かれていたキッチンの壁に爆音とともに貼りついたか、もしくは……跡形もなく気化してしまったらしい。

有栖は、お菓子はおろか朝昼晩の食事もほとんど自分で作ることはなかったそうだ。

しようとしたこともあったが、そのたびに自分の料理の腕のなさを思い知ってきたらしい。

有栖の料理の腕前は彼女の家族も知っていて、両親の海外渡航が決まったのと同時に、お手伝いさんの手配を決めたのだという。

——やっぱり、私に手作りチョコレートだなんて夢のまた夢ですね。

か細く紡《つむ》がれた有栖の声が、日鞠の頭の中でこだまする。

——類さんに失敗作を食べさせるわけにはいきませんし、やっぱりチョコレートは市販のものを用意することにします。

——日鞠さん、今日は私のわがままに付き合ってくださって、本当にありがとうございました。

「わがままだなんて、そんなことない」

日鞠にもわかる。自分の作ったもので想い人に喜んでもらいたいという有栖の気持ちが。

しかし、自分に一体何ができるのだろう。

バスは間もなく北広島駅前に停車する。

心地のいい揺れに身を委《ゆだ》ねながら、日鞠はあれこれと考えを巡《めぐ》らせていた。

その後、日鞠はバス停から自宅へ帰る道の途中にある図書館へと赴《おもむ》いた。

大窓から夕日が差し込む空間には、今日も数えきれないほどの書籍が並べられている。

幸《さいわ》い本日の有栖の休みは把握《はあく》していたため、彼女に見つかる心配もなく安心して蔵書を検索することができた。

探すのは、お菓子作りが苦手な人向けに書かれた指南書だ。

――想い人のために作るチョコレートって、素敵なものですね。

余計なお世話かもしれない。

それでも、少しでも有栖のためにできることがあるのなら。ただ、その一心だった。

「とはいっても、この時期はやっぱり、お菓子関係の本はほとんど貸し出されているみたいだな」

バレンタインデーまであと一週間弱。

日鞠の探し当てた指南書はすべて、予約待ちの状態だった。

「うーん。お菓子だけじゃなくて、料理全般に検索の幅を広げたらどうだろう」

関連書籍の棚へと移動した日鞠は、有栖の力になってくれそうな本を一冊一冊吟味《ぎんみ》していく。

有栖にも類にも、この街に越してきてから本当に世話になっているのだ。

今度は自分が、大好きな二人の力になりたい。

「やはりお主《ぬし》だったか」

「え？」

その時不意に聞こえたのは、小さな美声だった。

「今の声は……あっ！」

「しー。無闇に声を上げるな。大声での会話はここでは厳禁なのだろう？」

冷静に告げられた言葉に、日鞠ははっと口を噤《つぐ》んだ。

本の上にちょこんと腰を下ろす小さなあやかしの姿に、目をぱちぱち瞬かせる。

「文車妖妃《ふぐるまようひ》さん。お久しぶりですね」

「ああ。お主も息災のようだな」

現れた人物は、手のひらほどの身の丈をした愛らしい和装の姫だった。

その身体や服のすべては、古い和紙を想起させる薄茶色に染まっている。

文車妖妃。

以前、薬膳《やくぜん》カフェにもたらされた依頼ごとで出逢《であ》ったあやかしだ。

文書や書物にこめられた念が具現化したあやかしで、今は遠い昔に綴《つづ》られた恋の歌集に宿っている。

そんな彼女はこの図書館の中で、街の人たちの心に触れながら穏やかに過ごしていた。

「何やら強い探求の念を感じて来てみれば、見知った者の姿が見えたのでな。して、今日はどんなあやかしごとに巻き込まれている？」

「あ、いいえ。今回は、あやかしごとに巻き込まれているというわけではなくて」

「そうなのか？」

意外そうに目を見張る小さな姫様に苦笑が漏れる。

自分はそんなに、あやかし専門のトラブル引き寄せ人間に見られているのだろうか。

「実は今度お菓子を作ることになりまして、より初心者向けのわかりやすい指南書がないか探していたんです。でも、今は貸し出されているものがほとんどのようで」

「それはもしや、あの『有栖』という女子《おなご》が関わる事柄か」

「え！　どうしてそれを？」

「ここ最近、あの者が勤務時間外にこの棚の前にいるのをしばしば見かけていた。お主と同じように、真剣に書物を読み込んでいる姿をな」

以前文車妖妃が関わった事件には、有栖にも深い繋がりがあった。

それからというもの、文車妖妃は有栖のことを気にかけてくれていたらしい。

「そういうことでしたら、私がここで調べ抜いてもあまり成果は出なさそうですね」

あの有栖が調べ尽くしたあとだ。日鞠が同じ行動をとったところで、結果はたかが知れているだろう。

しょんぼりと肩を落とす日鞠に、話を聞いていた文車妖妃は口を開いた。

「恐らくは、二月十四日の行事に関わることなのだろう。バレンタインデー。一説では、ローマ帝国の司祭ウァレンティヌスが、当時婚姻を禁止されていた兵士らのため密かに結婚式を執《と》り行《おこな》っていたことを咎《とが》められ処刑された日、ということらしいな」

「わあ、随分とお詳しいですね」

「ここには書物が溢《あふ》れているのでな」

誇《ほこ》らしげに話す文車妖妃が、突然すっと立ち上がる。

「菓子作りについての助太刀《すけだち》を欲しているのであれば、私にも一応の当てがある」

「えっ、本当ですか！」

「大声、厳禁だ」

ぺしん、と口元に小さな衝撃を感じる。

すると日鞠の口が、まるでテープを貼られたように開かなくなってしまった。

一瞬慌てたものの、口元に人差し指を立てた文車妖妃に日鞠も素直に頷く。

どうやらこれも、文車妖妃の能力のひとつらしい。

「この冬の季節というのが懸念点ではあるが、お主らの力になるかもしれぬ。向こうの机へ。助太刀となる者の子細を伝えよう」

二月の北海道は、冬本番の真っ只中だ。

誰かがつけた足跡の上に新たな雪が降り積もり、再び一面の白へと戻していく。

そんな住宅街脇の道を、日鞠はマフラーに顔を埋めながら進んでいた。

マフラーの隙間から漏れ出た白い息が、雲のかかった灰色の空に溶けていく。

「有栖さん。いただいた地図によると、目的の場所はこの通りをもう少し進んだ先にある空き地みたいです」

「わかりました。図書館からほど近いですが、私もこの辺りに立ち入ったことはありませんね」

当初、日鞠は一人でその場所へ向かうつもりだったが、話を聞いた有栖はぜひ自分も同行したいと告げた。

翌日改めて落ち合った二人は、駅から徒歩圏内にある中通りを歩いている。

「今回お世話になるあやかしさんは、五徳猫《ごとくねこ》さんということでしたよね」

「はい。知り合いのあやかしさんから教わった、お料理がとてもお上手な方だそうです」

先日文車妖妃から教わった、助太刀を期待できる者は、あやかしだった。

五徳猫。その名のとおり、五徳を頭に乗せた猫の姿をしていて、火吹き竹で火をおこすあやかしとして伝えられている。

五徳というのは、現代のガスコンロで鍋などを置く部分の名称で、昔は囲炉裏《いろり》で鍋に火をかけるときなどに使われていた。

「火の扱いに非常に長《た》けたあやかしさん、というわけですね」

むん、と小さく気合いを込めた様子の有栖に、日鞠は笑顔で頷く。

この街の五徳猫は、火の取り扱いだけでなく料理全般がとても得意で、他のあやかしたちにも気まぐれにご馳走を振る舞っては喜ばれているのだと聞いている。

五徳猫の協力を得ることができれば、暗礁《あんしょう》に乗り上げていたチョコレート作りにも光明《こうみょう》が見える、かもしれない。

「文車妖妃さんから聞いた場所は、ここですね」

雪道をしばらく進んだあと、ふと足を止める。

辿り着いた先は住宅街から少し距離がある、石垣で囲まれた小さな広場だった。

足跡ひとつない、白銀の雪が敷きつめられた土地。周囲にまばらに植わった木々の枝は枯れ葉を落とし切り、カサカサと寂しげに揺れている。

人の気配はない。それでも、不思議とそこに何かがいることが感じられた。

「今回のあやかしさんは、私の目にも見えるでしょうか」

「見えるといいですね」

「はいっ」

あやかしの存在を確認して以降、有栖は徐々にあやかしを『視る目《みめ》』の力を開花させつつあった。

あやかしの血を引く類たちとの交流や、もともと備わっていたあやかしへの受容力と純粋な探究心。それらが重なった結果、有栖の中に眠っていた力が引き出されたのだろう、というのは孝太朗が語った話だ。

すう、と小さく息を整え、日鞠は広場に向かって語りかけた。

「お休みのところを失礼いたします。五徳猫さん。いらっしゃいますか」

反応はない。

耳に届くのは、辺りを吹き抜ける風の声と揺れる木々の音だけだ。

「はじめまして。私は桜良日鞠、こちらが楠木有栖さんです。図書館に棲まう文車妖妃さんのご紹介で参りました。よろしければぜひ、お話をさせていただけませんか」

「文車妖妃の顔見知りかニャ」

ニャ。どうやらいらっしゃったようだ。

声の聞こえた方向へ、素早く視線を向ける。

すると広場の奥にある石垣に空いた穴から、一匹の猫が姿を現した。

前情報のとおり、頭に五徳が乗せられた猫の姿のあやかしだ。

どうやら三毛猫らしく、身体には濃淡の異なる茶色の模様が入っている。

その身体の背後には、二つに分かれた尻尾がふよふよと揺れていた。

「あれが、五徳猫さん……」

「有栖さん、見えますか」

「はい。尻尾が二本生えている、可愛い猫さんです」

「猫ではニャい。わたしは立派な五徳猫だニャ」

素早く訂正を入れた五徳猫は、くあ、とあくびとともに身体を伸ばす。

仕草はやはり、愛くるしい猫だ。が、これは口にしないほうがいいだろう。

「わたしに一体何の用かニャ。そちらは確か、最近山神さまが懇意《こんい》にされていると噂《うわさ》の女子《おなご》だニャ。しかしあいにくわたしには、山神さまに褒めそやされるような覚えも、お叱りを受けるような覚えもニャいぞ」

「……山神」

「孝太朗さんの字《あざな》のようなものです、有栖さん」

以前孝太朗が使った解説をさくっと有栖に入れ、日鞠は話を進める。

「今回の訪問は、孝太朗さんの指示ではありません。私たちが、あなたにぜひご相談をと思って赴きました」

「相談？」

五徳猫の目が、まん丸に開かれた。

「文車妖妃さんから、五徳猫さんは火の取り扱いに長けていて、料理上手な方なのだと聞きました。辺りのあやかしの皆さんに料理をよく振る舞われ、とても喜ばれているということも」

「ふむ。まあ、自慢《じまん》じゃニャいが、そのとおりだニャ」

五徳猫がもふもふの胸をくいっと張る。可愛い。

「実は私たち、今料理指南をしてくださる方を探しているんです。五徳猫さん。ぜひ、私たちの料理指南役を引き受けていただけませんか」

「あなたの力をお借りしたいんです。どうかお願いします、五徳猫さん」

日鞠と有栖が、揃って深く頭を下げた。

しんしんと降り積もる雪が辺りを包み、周囲の音は遠ざかっていく。

どきどきと五徳猫の返答を待っていると、「ニャー」と愛くるしい猫の鳴き声が聞こえた。

「お主ら二人の用件は理解した。ただ悪いが、その願いを聞き届けることはできないニャ」

「そう、ですか。あの、もしよろしければ理由を伺《うかが》っても？」

「……理由なんてないニャ！　ただ、気が向かない。それだけニャ！」

言い切ると、五徳猫はふん、と顔を背《そむ》けた。

実のところ、日鞠は文車妖妃からこんな話も聞いていた。

この街の五徳猫は確かに料理の腕はあるが、性格は猫らしく風の吹くまま気の赴くまま。素直に協力を願い出ても、首を縦に振る確率は五分五分だと。

「五徳猫さん」

しょんぼり眉を下げていた日鞠の耳に、凛とした声が届いた。

「お願いします。勝手な話ではありますが私、どうしても自分で作った料理を届けたい方がいるんです。今まで何度も料理に挑戦しては無理だと諦めていたのですが、それでも諦めたくないと思える、大切な人なんです」

「有栖さん……」

「突然押しかけた挙句《あげく》、失礼なのは重々承知しております。それでも、何とか五徳猫さんのお力をお借りしたいんです。どうか、よろしくお願いいたします」

「ウニャッ⁉」

「あ、あ、有栖さん⁉」

次の瞬間、有栖はごく自然な所作で雪道の上に膝をつき、深く頭を下げた。

その美しい土下座に一瞬虚《きょ》を突かれた日鞠だったが、我に返ると慌てて声をかける。

「有栖さんっ、こんな雪道に座り込むのは……！」

「大丈夫ですよ。それに、今回五徳猫さんに頭を下げるべきは、私のほうですから」

迷いのない毅然《きぜん》とした表情に、はっと息を呑《の》んだのは日鞠だけではなかった。

「もちろん、必要なお礼はさせていただきます。あやかし界の知識が足りずに恐縮ですが、五徳猫さんが希望されるものを誠心誠意ご用意します。なのでどうか、詳しいお話だけでも」

「わ、わ、わかった！　お主の想いは痛いほど理解した！　だから、ひとまず立つのニャ！　早くするのニャ！　さもないとっ」

「五徳猫さん？」

「……身体を冷やしてしまうニャろう⁉」

叫んだ五徳猫は、石垣の穴の中から堪《たま》らずといった様子で飛び出してきた。

次の瞬間、雪に触れた愛らしい猫足の毛が一気に逆立つ。

「うぐ！　しゃ、しゃ、しゃ……」

「しゃ？」

「……しゃむいニャ……」

そう言い残した直後、五徳猫は青い顔をして倒れ込んでしまった。

目を剥《む》いた日鞠たちは、慌てて五徳猫のもとへ駆け寄る。

抱き上げたその身体は、まるで氷のように冷たかった。


五徳猫は、名前を『ゴト』といった。

あやかしを目にできた数少ない人間からは『ミケ』『タマ』『ゴロ』など好き勝手に呼ばれていたが、自分は五徳猫だという強い意志からその名を名乗ることを選んだ。

「ゴトさん、あの石垣の穴から動きたくても動けずにいたんですね」

「まったく情けない話だニャ。寒さで体調を崩して倒れるニャんて」

昏倒《こんとう》してしまったゴトは、急遽《きゅうきょ》有栖の自宅へ匿《かくま》われることとなった。

今は一人用のソファー席に丸くなり、言葉を交わせる程度まで回復している。

とはいえ、まだまだ身体は冷え切っているらしい。有栖が持ってきたふわふわの膝掛けに、ゴトは素直に頬を寄せた。

「わたしも若い頃は、雪道だろうと氷の上だろうと構わず食材の下見に出回っていたんだがニャ。気づけば寒さが苦手になっていて、今では雪に触れるだけで身体が冷え切り、うまく動けなくなってしまうのニャ」

「確かに今の時期、冷え症状で悩む方は少なくありませんよね。最近の薬膳《やくぜん》カフェでも、身体を温めてくれる薬膳茶《やくぜんちゃ》がよくオーダーされています」

現に日鞠自身も身体が冷えがちで、家の中ではもこもこのカーディガンを羽織《はお》っている。対して孝太朗はといえば、夏冬ともに濃紺のスウェット姿で、目にするたびに「寒くありませんか？」と尋ねたくなるほどだ。

「まだ小さく震えていますね。ゴトさん、もしよければ私の膝に乗りませんか。そのほうがじっくり温まることができるかもしれません」

「け、結構だニャ！　知り合って間もない人間の膝に乗るニャんて、わたしのポリシーに反するニャ！　断固拒否だニャ！」

「そうでしたか……では、ひとまず暖炉《だんろ》の火を強くしますね」

「ウニャ」

ゴトと有栖のどこか微笑ましいやりとりを目にしながら、日鞠は一人キッチンに立っていた。

道途中のスーパーで買い足した食材の下ごしらえを済ませ、手早く料理を進めていく。

「よーし、できました！　身体の芯《しん》からぽかぽかになる、孝太朗さん直伝の薬膳雑炊《やくぜんぞうすい》です！」

「美味しそうな香りですね。それに、彩りもとても綺麗です」

「ウニャアア……」

テーブルに並べられた皿の中身を見て、有栖とゴトはぱあっと瞳を輝かせた。

耐熱用のお皿によそった雑炊には、生姜《しょうが》やニンニク、にんじんやタマネギなどの野菜をたっぷり入れている。

白米に少量のもち米を加え、昆布出汁でとろとろになるまで煮詰めた雑炊の香りは、それだけでも食欲を刺激した。

「ゴトさん、熱すぎたら言ってくださいね。冷たい昆布出汁を少し取り分けてありますから」

「わたしは五徳猫だニャ。普通の猫と違って、熱いものも問題なく食《しょく》すことができる！」

ふん、と鼻を鳴らしながらも、食欲はあるらしいゴトの様子に、日鞠はほっと安堵する。

用意した雑炊をそっとひと舐めすると、ゴトははっと目を見開いた。

「お味はいかがでしょうか」

「……美味しい」

ぽつりとこぼれた言葉だった。

「とってもとっても美味しいニャ。いまだ凍りついていた身体の先が、じわじわと温まっていくような心地がする。色とりどりの野菜も食欲をそそるニャ……」

「よかった。料理上手なゴトさんにそう言ってもらえて嬉しいです」

「ま、まあ。さすがは山神さま直伝というだけはあるかニャ！」

慌ててツンのコメントを加えたゴトの様子に、日鞠と有栖はそっと微笑み合った。

「日鞠さんが作ってくださった雑炊、本当に身体の内から温まりますね。これでゴトさんの冷え症状も解消されるでしょうか」

「いや。わたしの場合、残念ながら一食雑炊を食べただけでは一時的に冷えがマシになるだけだニャ。今までの経験上、きっとすぐに寒さが舞い戻ってしまうニャね」

「すみませんでした。私がしつこく食い下がったばかりに、ゴトさんをあの石垣の穴から出してしまうことになってしまって」

レンゲを置き、有栖はゴトに向かって深く頭を下げた。

「別に謝られるようなことではないニャ。冷え体質はそもそもお主のせいではないし、あの中から出ようとしたのもただの気まぐれニャ」

「でもゴトさんはあのとき、私の身体が冷えてしまうことを心配してくださったんですよね？」

有栖の指摘に、ゴトは言葉を詰まらせる。

雪道で膝をついた有栖に、ゴトは即座に立ち上がるよう促し、慌てて駆け寄ろうとまでした。

恐らくは自分自身が辛い冷えに苦しめられているからこそ、有栖の身を案じたのだろう。とても優しいあやかしだ。

「思えば、頼みごとをしている身ながら、私はゴトさんに何もしてあげられていませんね。ゴトさんをこの家にお連れしたところで、私は日鞠さんのようなお食事を作ることができません。作ったとしても、農家さんが手間暇かけて育てられた野菜たちを爆発させて、消し炭のような料理しかお出しできず、ゴトさんは謎の腹痛に見舞われるのが目に見えています」

「爆発……」

「謎の腹痛……」

有栖から語られる確信めいた予言に、ゴトと日鞠はぽつりと呟《つぶや》く。

「せめて、お店で何かお惣菜《そうざい》を買ってきます。あとは、カイロや湯たんぽも。他にも、何か少しでも、ゴトさんの冷え症状を軽減させるようなものを」

自身を責めるような有栖の言葉に、ゴトはしばらく無言のまま雑炊の皿を見つめていた。

「……いや。それは不要だニャ。ちょいと、そこのお主」

「は、はいっ」

ゴトが声をかけたのは、有栖ではなく日鞠のほうだった。

「山神さま直伝の薬膳雑炊《やくぜんぞうすい》の作り方。山神さまさえ許可をくだされば、ぜひわたしに教えてほしいニャ。教えてくれるというニャら、指南役を引き受けてやってもいい」

「……！　はい！　すぐに、確認してみますね！」

「ゴトさん？」

「ふん。乗りかかった船ニャね。幸いこの家の中は暖房がきいていて身体も動かしやすいし、何もせずに惰眠《だみん》を貪《むさぼ》るのも普通の猫のようで気分が悪い」

　ぷいっとそっぽを向きながら、ゴトはどこか早口でまくし立てた。

「わたしがここで匿われているうちは、料理下手と聞くお主の力になってあげてもいいニャ。言っておくが、わたしの指導は甘くないニャよ」

「はい！　ありがとうございます……！」

　笑顔で頷いた有栖は、ゴトの身体をぎゅうっと腕の中に閉じ込める。

　美しい淑女《しゅくじょ》からの熱い抱擁《ほうよう》を受けたゴトは、顔を真っ赤にして全身の毛を逆立てた。


　それから数日が経った。

「なーんかおかしい」

「類さん？」

午前シフトを終えた昼休憩の時間帯。四人席でいつもどおり昼食を取っていると、類が突然呟いた。

「俺の作るまかないに文句があるなら、勝手に外で調達してこい」

「違う違う。孝太朗の作るまかないはいつもとても美味しくいただいていますって。そうじゃなくて、他にちょっと気になってることがあるんだよねえ」

「気になってること？」

「有栖ちゃんのこと」

類の口から出た人物の名に、日鞠はびくりと肩を揺らした。

そんな日鞠に気づいているのかいないのか、対面席に座る類はプレートに並ぶパンケーキをナイフで綺麗に切り分けていく。

「最近、有栖ちゃんになかなか会う時間が取れないんだ。休日の予定を聞いても断られちゃうし、仕事上がりはすぐに家に帰っちゃうし」

「ついこの間カフェに来てただろ」

「あれからもう五日は経ってるの！　こんなに長い間会えないのは初めてでしてね！　恋人と同居してる人は黙っててくれますー!?」

「そうか。なら俺たちは時間まで二階にこもる」

「うそうそごめん！　二人にまで見捨てられたら、類さん寂しくて死んじゃう……！」

しくしくと泣き真似をする類に、孝太朗は心底面倒くさそうにため息をついた。それでも浮かした腰を戻すあたり、孝太朗は優しい。

「だ、大丈夫ですよ類さん。きっと有栖さん、お仕事が色々と立て込んでいるだけですから」

「そうかなあ。でも今日も、昼休みの時間だけでも会えない？　って聞いたんだけど、やることがあるからって取り付く島もなかったし」

「それだけ大切な用事があるってことじゃねえのか」

「……バレンタインの準備をしてくれてるのかなって、思ってたんだけど」

鋭すぎるその推測に、日鞠は再びびくりと肩を揺らした。

「それもきっと間違っていないと思うんだけど。何となーく、それだけじゃないような気がするんだよね。これは完全に俺の勘なんだけど、俺以外の誰かと頻繁《ひんぱん》に会ってるみたいな、いやーな予感が」

「大丈夫です‼」

ばん、とテーブルに手を叩《たた》きつけながら、日鞠は声を張った。

突然の大声に、類はもちろん、隣席の孝太朗も目を見開いている。

「有栖さんは、類さんのことが大好きなんですから！　もしかすると類さんの言うとおり、ほんの少しは内緒にしていることもあるかもしれません！　でも！　類さんに喜んでもらおうと、今の有栖さんは一生懸命なんです！　そのことは、誰よりも私が保証しますっ！」

「日鞠ちゃん」

「だからその、類さんは心配しないで、有栖さんのことを信じてあげてくれませんか……！」

真面目でしっかり者の有栖のことだ。

きっと隙間時間を見つけてはチョコレート作りについて学び、一目散に帰宅してはゴトの熱血指導を受けているのだろう。

そんな有栖の変化に気づかない類ではない。

それでも、その一途な想いを疑ってほしくはなかった。

「ありがとう。日鞠ちゃん」

穏やかな口調で告げられた感謝の言葉に、日鞠ははっと我に返った。

「実は結構本気で凹《へこ》んでたんだけどね。日鞠ちゃんに断言されたら、妙に安心しちゃったよ」

「よかったです。類さんも、本当に有栖さんのことが大好きなんですね」

「……そう真正面から聞かれちゃうと、何だかめちゃくちゃ恥ずかしいかも……？」

「お前、恥じらいなんて感情があったのか」

「俺もつい最近知りました……」

ため息交じりに机に突っ伏した類だったが、その頬は僅かに赤く染まっていた。

いつもは三百六十度どこから見ても完璧な笑顔をたたえるイケメンさんが、今は一人の女性への想いに右往左往している。

そんな友人の新たな一面を目にして、日鞠は胸がじわりと温かくなるのを感じた。

その後の午後シフト中、類は時折大窓の向こうを眺めては想い人の来訪を待ちわびていた。

日鞠も、恐らくは孝太朗もそのことに気づいていたが、どちらもそれを口にすることはなく営業時間を終えた。


翌日の夕方。仕事上がりに有栖と落ち合った日鞠は、再び彼女の家にお邪魔していた。

「よかった。ゴトさんの冷えの症状も、随分とよくなっているみたいですね」

「うむ。山神さま直伝の薬膳雑炊《やくぜんぞうすい》のおかげニャ。やはり身体を温めるのは内と外の両方からが一番だニャ。今では短い間なら、外に出ても平気になってきたニャ！」

「わあ、それはよかったです」

「日鞠さん、紅茶をどうぞ。ゴトさんには、ハチミツ入りのホットミルクです」

「ありがとうございます、有栖さん」

「うニャ。いただくニャ」

そう言ってミルクのほうへ移動するゴトは、以前よりも動きが軽やかで毛並みもつやつやと健康そうだ。

「ゴトさんのお料理指南のお話も聞きました。ゴトさんは人に料理を教えるのがとってもお上手なんですね」

「最初は有栖の不得手さに愕然《がくぜん》としたがニャ。ひとつひとつの動きを、有栖が理解できるように説明していっただけニャ。野菜を刻むときの力加減やら、卵の殻《から》を割るときの心持ちなんかをニャ」

「なるほど。卵の殻を割るときの心持ちですか」

確かに、日鞠は工程のみの説明に留まり、「どのように」「どのくらいの強さで」といった説明が抜けていたように思う。

料理初心者にもしっかりと寄り添うことのできるゴトの温かな心持ちに、日鞠は自然と笑みを浮かべた。

「今では私も、日鞠さんに教えていただいた薬膳雑炊《やくぜんぞうすい》を、なんとか作れるようになったんですよ」

「わあ！　すごいです、すごいです、有栖さん！」

まるで自分のことのようにはしゃいでしまう。

何せ以前二人でこのキッチンに立ったときは、製菓用チョコレートが瞬く間に消し飛んでしまったほどなのだ。

それだけにこの数日、有栖がどれだけ努力をしてきたのかが理解できる。

愛の力は、やっぱり偉大だ。

「有栖さんの薬膳雑炊《やくぜんぞうすい》のおかげもあって、ゴトさんの冷え症状も目を見張るほど改善されたんですね」

「まあ、それもあるがニャ。きっとそれだけではないニャ」

小さく首を傾げる有栖にそっと視線を向けたあと、ゴトは答えた。

「恥ずかしい話だがニャ。ここ最近、わたしは人との関わり合いがめっきりなくなっていたのニャ。そもそもあやかしを視認できる者がほとんどおらず、目の前に出てみてもみんなわたしを素通りニャ。昔は人間の住まいに入り込んでは、火付け役として重宝されたというのにニャ」

「ゴトさん」

「これも時代の流れニャね。わかってはいるのだが、心の奥底では受け入れがたかったようだニャ。人と関わろうとしては失敗するのを繰り返し、不貞腐《ふてくさ》れたわたしは何年も何年もあの石垣の穴から動かない時間を過ごした。その結果が、この冷え症状というわけニャね」

「ゴトさんは、人との交流が大好きだったんですね」

日鞠の言葉に、ゴトは無言で頷く。

五徳猫は囲炉裏の火付け役。そんなふうに人から感謝されてきたゴトが抱えてきた寂しさは、自分たちの想像をはるかに超えるものに違いない。

有栖がそっと、ゴトの前足に触れた。ゴトの三角耳がぴくんと揺れたが、拒絶の言葉が出ることはなかった。

「わたしの身体が、心が、ここまで回復したのは、有栖のおかげだニャ。わたしが真に求めていたのは、こんなふうに何気ない人との関わり合いだったのニャ。ここで有栖と過ごしていくうちに、それをつくづく思い知ったのニャね」

「ゴトさん。もしよろしければ、このままこの家で一緒に暮らしませんか？」

「……ウニャッ⁉」

あっさり告げられた有栖の提案に、ゴトの二股の尻尾の毛がぶわっと逆立つ。

明らかに嬉しそうに瞳を輝かせていたが、少し間を置いたあと、ゴトが出した答えは否だった。

「魅力的な提案だがそれは遠慮しておくニャ。わたしはもともと風の吹くまま気の赴くままに生きる存在。いつまでも快適な邸宅の世話になっていたら、五徳猫の尊厳を忘れてしまうニャ！　……それに」

「ゴトさん？」

「何やら最近、妙な気配を感じるときがあるニャね。これは完全にわたしの勘ニャんだが、『早くその子との時間を返してねー』と圧をかけられているような、いやーな予感が」

眉間にしわを寄せながら顔をぷるぷる横に振るゴトに、有栖は首を傾げ、日鞠は苦笑を漏らした。あやかし同士、顔を合わせずとも感じるところがあるのかもしれない。

「さあて。話はこの辺にして、そろそろ今日の特訓を始めるニャ。本番のバレンタインデーは、ついに明日ニャね！」

「はい。今日もよろしくお願いします」

「私も、どうぞよろしくお願いしますね。ゴトさん」

くいっとふわふわの胸を張ったゴトに、二人も笑顔で応じる。

楠木家のキッチン周りには、やがてチョコレートの甘くてほろ苦い香りが漂いはじめた。


そして迎えた、バレンタインデー当日。

「できました！」

「できたニャ！　完璧だニャ！」

「やりましたね！　有栖さん、ゴトさん！」

　時間ぎりぎりにようやく完成したのは、生チョコレートのトリュフだった。

　ココアパウダーとシュガーパウダーで装われたまん丸のチョコレートが、ラッピングボックスに行儀よく並んでいる。当初予定していた生チョコレートを、一口サイズの球体に象《かたど》ったものだ。

　互いに作り終えたチョコレートを手に、日鞠と有栖はふふっと微笑み合う。

「ゴトさん、このたびは本当にありがとうございました。ゴトさんのご協力のおかげで、手作りチョコレートを大切な人に渡すことができます」

「想像以上の時間と労力を使うことになったがニャ。まあ、よくここまで頑張ったニャンね」

「はい。それから、もしもよろしければこちらを受け取っていただけますか？」

「ウニャ？」

　そう言って有栖が差し出したのは、猫の形をしたラッピングボックスだった。驚きに目を丸くしたゴトに、有栖がそっと膝をつき視線を合わせる。

「私と日鞠さんからの、感謝の気持ちです。これからも、ゴトさんにお時間があるときに、いつでも遊びに来てくださいね。そしてぜひまた、お料理を教えてもらえると嬉しいです」

「……本当に、いいのかニャ？」

「もちろんです。ゴトさんは、私の料理の師匠《ししょう》ですから」

有栖の嘘偽りのない真っ直ぐな言葉に、ゴトはぱあっと花が咲くように笑った。

運動がてら自らの足で棲み処へ戻ると告げたゴトは、真っ白な雪原の上を元気に駆けていった。


時刻は閉店時間を迎えた十八時過ぎ。

日鞠と有栖は駅前のバス停に降り立つと、薬膳《やくぜん》カフェのほうへ小走りで向かった。

街灯が照らす夜道の先に見えてきたのは、いつもと変わらない薬膳《やくぜん》カフェ。

加えて、いつもは見られないはずの、店先に集う女性たちの姿だった。

「類さん、今年のチョコも受け取ってくれるかなあ」

「本命じゃなくて義理チョコなら、毎年もらってくれてたよね？」

「うんうん！　類さんが好きそうなものを選んだから、楽しみだなあ」

チョコレート作りのことばかり考えていた日鞠たちは、重要なことを失念していた。

類が自他共に認めるモテモテのモテ男だという事実と、眩《まばゆ》いまでのチョコレート経歴を。カフェの外にいるのは、恐らく類の勤務終わりを待ち構える女性たちだ。女子高生がほとんどのようだが、中には社会人らしき女性も見受けられる。

薬膳《やくぜん》カフェには、勤務中のチョコレートの受け渡しは禁止というルールがある。そのルールに基《もと》づき、彼女たちは扉近くで大人しく目当ての人物が出てくるのを今か今かと待っていた。

「日鞠さん。私も、あの列の後ろに並ぶべきでしょうか……？」

「そ、それは必要ないと思います！　というか類さん、そもそも今日は有栖さんと待ち合わせをしているんですよね⁉」

去年のバレンタイン事情はよくわからないが、今の類の恋人は有栖だ。

さらに待ち合わせの約束までしているのだから、周囲への過度な遠慮は不要だろう。多分。

とはいえ、力強くGOと言えるだけの恋愛経験値がない日鞠もまた、どう動くのが正解か判断しかねていた。下手な立ち回りをして、有栖と女性たちの間に妙な空気を生むのも望ましくない。

結局、少し距離を取った場所で手をこまねいていると、不意に薬膳《やくぜん》カフェの扉が開いた。

「きゃあ！　類さん！　お疲れさまですー！」

扉を開けたのは、エプロン姿の類だった。

目的の人物の登場に、女子高生の集団が嬉しそうな笑顔で類のもとへ集まっていく。

「わっ！　どうしたの君たち、寒い中なのにこんな時間まで」

「もちろん、類さんの仕事終わりを待ってたんだよー！」

「バレンタインチョコ、やっぱり今年も渡したいなあって思って！」

「本命じゃないから！　義理だから！　それなら受け取ってくれるでしょ？」

どうやら本気で虚を突かれたらしい類に、あちこちから声がかかった。

あっという間に取り囲まれた恋人の姿に、傍らの有栖が表情を曇《くも》らせたのがわかる。

思わず日鞠が一歩進み出かけた、そのときだった。

「ごめんね」

静かな謝罪の言葉に、日鞠は動きを止める。

「前にも言ったけれど、今年からチョコレートは受け取らないことにしたんだ。せっかく用意してくれたのに、本当にごめんね」

「え、でもそれって、本命は受け取らないってことじゃないの？」

「うん。これからもずっと、女の子から受け取るチョコレートは、彼女のものだけにするって決めたから」

隣から、はっと小さく息を呑む気配が届く。

「そうなのー？　類さんの恋人さん、義理チョコでも怒っちゃう人なの？」

「そうじゃないよ。単純に、俺自身が許せないだけ。彼女の心を少しでも曇らせるかもしれないことを、したくないからね」

「ふうん。そっかあ」

丁寧に言葉を重ねる類に、食い下がっていた女子高生たちも納得してくれたらしい。

チョコレートの包みを持ったまま類に手を振る女子高生たちは、幸い皆笑顔だった。

そして類はというと、幾度となく扉を開けてはそわそわと辺りを見回している。

「行ってきてください、有栖さん。類さん、今か今かと待っていますよ」

「っ……はい」

有栖はゆっくりと頷くと、再び扉の外に顔を出した類のもとへ歩いていく。

「類さん」

「有栖ちゃん！」

満面の笑みで出迎えた類は、差し出されたチョコレートの包みごと、有栖をきつく抱きしめた。

そのあとも言葉を交わす中で、有栖はチョコレート作りの特訓のことや協力者のゴトのことをありのままに説明したらしい。

心底安堵したように表情を緩めた類が、日鞠にはひどく印象的だった。


「孝太朗さん」

「日鞠」

類と有栖が仲良く家路についたのを見届けたあと、日鞠も薬膳《やくぜん》カフェの扉を開けた。

中では予想どおり、一人黙々と閉店作業をしている孝太朗の姿がある。

「今日もお疲れさまでした。類さんは先に上がられたんですね」

「有栖さんを待たせていたからな。類の奴とは、別日に一人で締め作業をさせることで手を打った」

「そうでしたか」

「ああ」

「……」

「……」

「あ、わ、私も閉店作業、手伝いますねっ」

「ああ。頼む」

ああ、まずい。

もうひとつ、非常に重要なことを失念していた。

好きな人にバレンタインデーのチョコレートを渡す。このミッションは、一体どういう流れで完遂《かんすい》したらいいのだろう。

閉店後の二人きりの薬膳《やくぜん》カフェ。

いつもは心地のいいはずの空間が、今はどこかよそよそしい顔をして日鞠たちを包み込んでいた。

恐らくは孝太朗も、有栖とのチョコレート作りの件については察しているのだろうと思う。

それでも、一体どんなタイミングで話を切り出すべきか、日鞠にはまったく想像できていなかったのだ。

「このボールペン、インクが切れてるな」

「あっ、私、前に替え芯を買ったままになっていました。部屋にあるので取ってきますね」

「頼む」

レジ前でボールペンを手にする孝太朗を尻目に、日鞠はカフェを飛び出す。

「うう。どきどきしすぎて、カフェ店内の酸素が薄い……」

ボールペンの替え芯は、自室ですぐに見つかった。

それでも緊張が収まらず、自宅玄関で大きく深呼吸をする。

バッグの中には、孝太朗宛のチョコレートの包みが大切に大切に収められている。

それを眺めていると、共にキッチンに立ったゴトと有栖からも、頑張れと応援されている気がした。

「ふー……、よし！」

覚悟を決めて自宅を出た日鞠は、外付け階段を降り薬膳《やくぜん》カフェの扉前に立つ。

そしてドアノブに触れた瞬間、店内から微《かす》かに声が漏れてきた。

「好きです」

聞こえてきたのは孝太朗の声ではない。女性の声だ。

日鞠は反射的にドアノブから手を離し、大窓からそっと中を覗き込む。

そこには、孝太朗と、彼の前に立つ一人の女性の姿があった。

以前この大窓から店内を見ていたことのある、緩いウェーブのロングヘアが素敵な、薬膳《やくぜん》カフェの女性客だ。

「店長さんのこと、ずっと素敵な人だなと思っていました。もしよろしければ、お付き合いしていただきたいなと」

「……」

「このチョコレート、受け取っていただけませんか？」

「申し訳ありませんが、受け取ることはできません」

日鞠の耳に届いたのは、一切揺らぎを感じない孝太朗の声だった。

女性がたじろいだのが、扉の外にいてもわかる。

「そう、でしたか。わかりました」

「わざわざご用意いただいたのに、すみません」

「……あの！　もしかしてなのですが、店長さんは、ここで働いている女性の方とお付き合いされているんでしょうか」

女性の問いかけに、日鞠の心臓が大きく音を鳴らす。

孝太朗の返答がなかったことに、女性は微かな希望を見出したように続けた。

「店長さんに恋人がいらっしゃるのであれば、この想いも諦めなくてはと思っていました。でも、もしそうでないのなら、まずはお友達として、私のことを知っていただけませんか？」

熱のこもった女性の言葉に、やはり孝太朗の返答はない。

日鞠は、以前類との間で交わした会話を思い出した。

――わざわざ自分から皆さんにお伝えするのは、やっぱり少し照れくさくて。

あの会話を、もしも孝太朗が聞いていたのだとしたら。

「……っ、失礼します！」

飛び出した日鞠の声は、情けなく震えていた。

目を丸くしてこちらを振り返る二人に、ありったけの勇気をかき集める。

「実はっ、そうなんです！　私、そこの孝太朗さんとお付き合いさせていただいております！」

「日鞠」

「ですから！　その！　孝太朗さんをお渡しするわけにはまいりません！　本当に本当に、申し訳ありません……！」

まるで全力疾走直後のように息が上がり、心臓の鼓動もばくばくと激しくなっている。

それでも、何とか紡ぐことのできた日鞠の言葉に、女性は納得したように微笑んだ。

「やっぱりそうでしたか。承知しました」

「あ、あの」

「ありがとうございます。これできっぱり、店長さんを諦めることができます」

小さく会釈《えしゃく》をした女性は、静かに薬膳《やくぜん》カフェをあとにした。

残された二人の間に、沈黙が落ちる。

「孝太朗さん。その、勝手な真似をして、すみませんでした」

「いいのか」

「え?」

「お前は、俺と交際していることをあまり広めたくなかったんだろう」

その言葉は決して責めるようなものではなく、純粋に日鞠を気遣う気持ちが窺えた。

「孝太朗さんとお付き合いしていること、知られたくないわけではないんです。ただ、自分から口に出すことが少し、気恥ずかしくて」

「ああ。わかっている」

「でも今は、ちゃんと伝えなくちゃいけないって思ったんです」

眉を下げながら、日鞠はそっと孝太朗を見上げる。

「孝太朗さんはとても素敵な人ですから。時には勇気を出して孝太朗さんは私の恋人ですって伝えなきゃ、他の誰かに取られてしまいますもんね」

「他の誰かになんて、取られねえぞ」

孝太朗の手のひらが、日鞠の頭を優しく撫《な》でる。

「類の奴ほどわかりやすくはねえが……今日は俺も、柄にもなく期待していた」

「……！」

視線を逸らしながら話す孝太朗の頬は、僅かに赤く染まっていた。

「特訓してきたんだろ」

「はい。自信作です」

「そりゃ楽しみだな」

どきどきと鳴り響く心音を聞きながら、日鞠は用意していたチョコレートの包みを手に取った。

いざ差し出すとやはり緊張して、ラッピングのリボンが小刻みに震えてしまう。

「孝太朗さん……大好きです」

「ああ。俺もだ」

「受け取ってくれますか？」

「当たり前だろ」

迷いのない答えに、ときめきで胸がきゅうっと苦しくなる。

花のように綻んだ日鞠の笑みに、孝太朗の口元も柔らかく弧を象る。

恋人になって初めて迎えた、バレンタインデー。

閉店後の薬膳《やくぜん》カフェに、甘いチョコレートの芳香《ほうこう》がふわりと満ちていった。

第二話　三月、木《き》の子《こ》と夢の発芽

冬と春の狭間をゆらゆらと揺れ動く、三月の北海道。

吹けば身を縮めたくなるような風に、日鞠はコートの前をそっと合わせた。

駅から伸びるなだらかな下り坂の脇には、いまだに白い雪が薄く佇んでいる。

そんな冬模様を残す坂道を、日鞠は小さなあやかしと連れ立って歩いていた。

人間にたとえると、見た目年齢は四、五歳といったところだろうか。

水色の着物に高さのある下駄《げた》を履《は》き、頭には大きなわら笠《がさ》を載せている。

くりくりおめめが特徴の可愛らしい男の子で、手に持っているお盆には、紅葉《もみじ》印の入った豆腐《とうふ》がぷるぷると元気に揺れていた。

街中のあやかしたちの御用聞《ごようき》きであり、薬膳《やくぜん》カフェに美味しい豆腐を届けてくれるお得意さまでもある、豆腐小僧の豆太郎《まめたろう》だ。

「日鞠どの。このたびはまだ肌寒い中、ご足労いただきまして誠にありがとうございました！」

こちらを見上げて、豆太郎は笑みをこぼす。

「子河童《こがっぱ》たちの喧嘩《けんか》を収めていただき、本当に助かりました。わたくしではどうもお三方の間に入るには力不足でして」

「そんなことないよ。豆ちゃんがいち早く彼らの気まずい空気に気づいたからこそ、こじれることなく仲直りできたんだと思うな」

先ほど豆太郎とともに訪れていた先は、子河童たちが棲まう街の河川敷《かせんじき》だった。

三人三様の豊かな個性を持つ彼らは、時に笑い合い、時に喧嘩をしながら仲良く暮らしている。

ちなみに今回の喧嘩は、味が染みるまで絶対食べちゃ駄目と言われていたキュウリの漬け物を、他の二人がうっかり食べてしまったことが原因だった。

豆太郎曰《いわ》く、「この子河童たちは、ついうっかりが多いのです」とのことだ。

「それを言うならば、日鞠どのがお持ちくださったお三方の似顔絵が、まさに仲直り効果絶大でございました。皆さま、とても感激されておりましたね！」

「前に彼らに逢ったときに描いていた絵を、まだ渡していなかったからね。この街で出逢ったあやかしのみんなに絵を贈るのは、私が好きでやっていることだから」

大人になった日鞠がこの街へ導かれたきっかけは、祖母との思い出の街の絵を描いたスケッチブックだった。そしてこの街で再び暮らしはじめて以降、日鞠は出逢ったあやかしたちに感謝を込めて、自作の似顔絵を贈っている。

自分に出逢ってくれてありがとう。

縁《えにし》の糸を繋《つな》いでくれてありがとうと。

駅まで続く坂を、日鞠と豆太郎は何気ない会話を交わしながら進んでいく。

しかし次の瞬間、豆太郎がぴくっと肩を揺らしたかと思うと、キョロキョロと辺りを見回しはじめた。

「豆ちゃん？　どうかしたの？」

「いえ。今何か、どなたかの視線を感じたような……？」

「視線？」

豆太郎にならって、日鞠も辺りに視線を向けてみる。

すると、坂道を少し上った先にあるコンビニ前に、若い男が立っていることに気づいた。

黒の短髪に、少し吊り目な大きい瞳。シンプルな紺色のスーツにグレーのコートをまとう姿。サラリーマンにも見えるが、その顔つきを見れば学生と言われても納得するだけの若々しさもある。

そんな彼が、不思議なことにじっとこちらを凝視している、ような気がした。

「誰だろう？」

「日鞠どのに心当たりはないのですか？」

「うん。薬膳《やくぜん》カフェのお客さんなら、少しくらい覚えているはずなんだけどな」

薬膳《やくぜん》カフェ「おおかみ」は女性客が圧倒的に多い。

そのため、若い男性客は特に印象に残りやすいものだった。

「むむむ。もしやあの御方、日鞠どのの愛らしさに心奪われているのではございませんか？」

「はは、それはさすがにないよ。愛らしいといえば、豆ちゃんのほうがよっぽど可愛いよ？」

「むむむむむ……！」

豆太郎は、孝太朗に強い尊敬の念を抱いている。

そのことも相まって、どうやら『日鞠どののことは何としても守ります』モードに突入してしまったようだった。

唸《うな》り声《ごえ》を上げながら、視線の盾になるように日鞠の隣にぴたりとついてくれている。なんて可愛い盾だろう。

確かに妙な視線を感じてはいるが、日鞠たちは特に問題なくコンビニの前を通過した。

密かに詰めていた息を、そっと吐き出す。

「ほらね。大丈夫だったでしょう……、えっ？」

笑顔で豆太郎のほうを振り向いた日鞠は、目を見張った。いつの間にか件《くだん》の男が、日鞠たちのほうへ近づいてきていたのだ。

瞬く間に距離を詰められ、日鞠は思わず硬直してしまう。

「あの。突然声をおかけしてすみません。ちょっと、あなたにお話が」

「え、え？」

「お下がりくださいっ！」

勇《いさ》ましい声が、辺り一帯に響いた。

気づけば男との間に立つ豆太郎が、両手をいっぱいに広げて威嚇《いかく》している。

「たとえ何人たりとも！　日鞠どのに妙な手出しをさせるわけにはまいりませんっ！」

「豆ちゃん」

「駄目です駄目です！　絶対に！　許しませんですよ……！」

健気なその姿に、硬直していた身体がほぐれていく。

あやかしである豆太郎の姿は多くの人間の目には映らず、声も聞こえない。

それでも、身を挺《てい》して自分を守ろうとしてくれる姿が、日鞠を何より勇気づけた。

「やっぱりだ」

「え」

「あなたのそばにいるその子どもは……あやかし、ですよね？」

目を瞬かせながら投げかけられた、思いも寄らない言葉。

見知らぬ男からのその問いに、日鞠と豆太郎は再び揃って硬直した。


男の名前は、深沢優人《ふかざわゆうと》といった。

今月頭に大学を卒業し、春から教職に就《つ》く予定の新社会人だ。

悩みに悩み、日鞠は優人に話しかけられた場から薬膳《やくぜん》カフェに電話を入れた。

結果、薬膳《やくぜん》カフェに場所を移した日鞠たちを昼休憩中の孝太朗と類が迎えることとなった。

「孝太朗さん、類さん。つい先ほどお電話でお話しした、深沢優人くんです」

「はじめまして。深沢優人です」

「はじめまして。俺は穂村類です。成人してもなおあやかしを視る目を持ち続けているなんて、珍しいねえ」

人当たりのいい微笑みで、類はさっそく優人の前まで歩み寄った。

視線を合わせるように身を屈《かが》めた類が、遠慮なく優人に視線を注ぐ。

瞳の裏まで覗こうとするようなイケメンの視線に耐えきれなくなったのか、優人は居心地悪そうに一歩後ずさった。

「なるほど。どうやら日鞠ちゃんをナンパするために適当な嘘をついた、ってわけじゃあなさそうかな？」

「なっ、ナンパって、俺は！」

「類さんってば。前途ある若者をからかわないでくださいね」

「孝太朗どの、類どの。僭越《せんえつ》ながら、この方があやかしを視る目を持つことは間違いありませぬ。現にわたくしの姿も声も、この方にはしっかり認識できているご様子ですので……！」

告げるのは、先ほどからいつにも増してぴたりと日鞠の隣に引っ付いている豆太郎だ。

道端で簡単に立ち聞いたその事情から、豆太郎の優人に対する一応の警戒は解かれていた。

それでも万が一のことを考えたのか、わざわざ日鞠のことを送り届けてくれたのだ。

「わたくしはこの目を光らせておりましたが、日鞠どのに対しての不躾《ぶしつけ》な真似も一切ございませんでした！　その点はどうぞご安心くださいませ！」

「だってさ。まずは一安心かな、孝太朗」

「お前は黙ってろ、類」

わざとらしく確認を取る類を一瞥《いちべつ》したのち、孝太朗は奥の席に座ったまま、人柄を見極めるようにじっと優人を見つめる。

先ほどの類のそれとはまた違う強い視線に、優人は別の居心地悪さを覚えたらしい。

困った顔で視線を彷徨わせ、最終的には助けを乞《こ》うように隣の日鞠をちらりと見た。

「大丈夫だよ優人くん。二人ともとてもいい人たちだから安心して、ひとまず好きな席に座ってね」

「は、はあ」

「このカフェの薬膳茶《やくぜんちゃ》はどれもとても美味しいの。孝太朗さん、薬膳茶《やくぜんちゃ》のオーダー、受け付けてもいいでしょうか」

「ああ。問題ない」

「ありがとうございます。優人くん、メニュー表をどうぞ」

微笑む日鞠に、優人の緊張もうまく解けたらしい。

手前側の二人席に腰を据えた優人は、物珍しげにメニュー表を眺めた。

「すごいですね。薬膳茶《やくぜんちゃ》って、こんなに種類があるんですか」

「うんうん、すごいよね。私も初めて見たときは驚いたよ」

こういったカフェが新鮮らしい優人の反応に、日鞠もついつい声が弾んでしまう。

「説明文を読んで、今の自分に一番ぴったりだと思う薬膳茶《やくぜんちゃ》を選んでね。短い時間でも、今の自分とゆっくり向き合うきっかけになるから」

「なんか、いいですね。そういうの」

「でしょう？　素敵だよね」

ふふ、と笑みをこぼす日鞠に、優人も小さくはにかみながら頷く。

　この世代の男子との交流もあまり多くないからだろうか。猫を思わせるような瞳を持つ優人は、弟の日凪太《ひなた》を想起させた。

血は繋がっていなくとも、可愛い可愛い大切な弟。今は離れて暮らしているが、元気にしているだろうか。

それからしばらくメニュー表とにらめっこを続けたあと、優人はある薬膳茶《やくぜんちゃ》を頼むことに決めた。春に抱える不調を癒やしてくれる、この季節におすすめの薬膳茶《やくぜんちゃ》だ。

厨房に入った孝太朗が、さっそく薬膳茶《やくぜんちゃ》作りに取りかかる。

用意した茶葉をお湯で丁寧に蒸《む》らし、野菜室から取りだした果物の皮に小型ナイフを差し込んだ。

剥かれた皮の中からは瑞々《みずみず》しい果肉が顔を出し、辺りには爽やかな香りが広がっていく。

ホールまで届いた芳香は、カウンター前に待機する日鞠の鼻腔《びこう》もくすぐった。

「お待たせしました。桜と柚子《ゆず》と伊予柑《いよかん》のジャスミンティーでございます」

「わあ、いい香りですね」

「ふふ。そうだね。私も、この薬膳茶《やくぜんちゃ》を運ぶときの香りが一番好きかも」

薬膳茶《やくぜんちゃ》をテーブルに届けた日鞠も、思わず笑みを浮かべる。

優しい黄金色のジャスミンティーの中でゆらゆらと揺れているのは、柚子マーマレード。ポットの底に沈む橙色《だいだいいろ》の果肉は伊予柑だ。

水面に浮かぶ薄桃色の花は桜の塩漬けで、ふうわりと優しい香りが、長らく寒さを耐え凌いできた身体に沁みていく。

それはまだ路肩に雪を残す北海道が、今か今かと待ちわびる春の報《しら》せのようだ。

「わ。すっげ、うまい……！」

「俺が淹れたからな」

思わずといった様子で優人がこぼした呟きに、落ち着いた低い声が返される。

はっと顔を上げた優人の対面席に、厨房から戻った孝太朗が静かに腰を下ろした。

「春は血液の巡りが乱れやすい。それによって、気持ちが高ぶったりめまいを起こしたりといった不調が出る。新生活を控えた新社会人なら尚更だろうな」

「は、はい。ありがとうございます」

どうやら気遣われたらしいことを察した様子の優人は、遠慮がちな笑顔を見せて頭を下げた。

孝太朗のわかりにくい優しさを受け取ってくれたことに、日鞠も自然と顔が綻ぶ。

「本日は突然押しかける形になってしまいすみません。急に道端で声をかけてしまい、日鞠さんをとても驚かせてしまって」

薬膳茶《やくぜんちゃ》を半分ほど飲み終え、小さく深呼吸をした優人は口を開いた。

「実は俺、ここ数ヶ月、ずっと探しているあやかしがいるんです」

言葉にした優人が、膝の上にぎゅっと拳《こぶし》を作る。

「でも、俺一人の力じゃどうしても見つけることができなくて。そんなとき、あやかしと仲良さそうに歩いている日鞠さんを目にしたので、つい声をかけてしまったんです」

「優人、といったな」

「はい」

「先に言っておくが、俺たちは必ずしもお前の力になれるとは限らない。うちは別に、あやかし専門の相談屋ってわけじゃねえからな」

「まあ、割と近いことはやってるけどねえ」

そう呟く類の脇を、日鞠が素早く小突く。

でもよかった。

どうやら、優人は孝太朗のお眼鏡にかなったようだ。

「優人。まずは、お前が探しているあやかしの話を聞かせてもらう」

優人は、幼い頃からあやかしを視る目を持っていた。

しかし成長していくにつれて、それがみんなの『普通』ではないことを知ったのだという。

「それでも、俺はあやかしたちと遊ぶことが好きでした。人間とあやかしの違いなんて、そのときの俺には本当に微々《びび》たるものだったんです」

でも、そんな優人を周囲の者は放っておかなかった。

両親はさりげなく人間の友人との時間を優先させるように促した。人間の友人はあやかしに反応する優人を珍しがり、奇異な目で見つめ、終いには嘘つきだと罵《ののし》った。

小学校に進学してあやかしとの時間が減っても、優人は人間の友人を増やそうとはしなかった。優人は、人間との関わりに疲れてしまったのだ。

それでも、ふとした瞬間襲ってくるのは一人きりという大きな孤独感。

小学校での居場所を見つけられずにいた優人に、あるとき明るい声がかかった。

「それが探しているあやかしとの……『木の子《きこ》』との出逢いでした」

木の子は、立派な大木に棲みついたあやかしだった。

身体の大きさは小学一年生の優人よりも一回り小さかったが、歳は優人の両親よりもはるかに上だと話していた。

優人が知らないたくさんのことを、木の子は身振り手振りを交えて面白おかしく話してくれた。

自分には木の子がいる。そんな自信が、孤独感を徐々に消してくれた。

木の子との時間は、優人にとってかけがえのない時間になった。

「ある日、木の子が言ってくれたんですよ。お前は絵がとても上手だな、って」

気をよくした優人は、暇さえあれば大好きな絵を描いた。

それを見せて喜んでくれる木の子を見て、優人も嬉しくなった。

学校の休み時間も黙々と絵を描いていた優人に、ある日クラスメートの一人が声をかけてきた。

それをきっかけに優人は徐々に心を開き、次第にクラスメートとも会話ができるようになった。

「そうして、少しずつ俺にも人間の友人ができはじめました。その話をすると、木の子はとても嬉しそうにしてくれました」

それがいつからだっただろう。あの大木の下に、木の子の姿が見えなくなったのは。

最初は、どこかに散歩に出ているんだろうと思っていた。

でもそういった日が徐々に増えていき、気づけば優人はその大木の場所さえもわからなくなっていた。

それ以来、木の子の姿を目にすることはなかった。

「俺、四月から高校の美術教師になるんですよ。あいつが褒めてくれた絵の力を、もっとたくさんの子どもたちに知ってほしくて。ずっと憧れていた夢が、この春ようやく実現するんです」

進路が決まったのと同時に、優人は唐突に過去の記憶を思い出した。

自分がなぜこの夢を抱くことになったのか。そのきっかけをくれたのは一体誰だったのか。

どうして、今まで忘れてしまっていたんだろう。

「だから、この夢をくれた木の子に、もう一度会いたいんです。今まですっかり忘れておいて何を今さらと思われるかもしれない。でも、それでももう一度会って……ありがとうと伝えたいんです」

木の子は森や山に棲まうあやかしで、山童《やまわろ》というあやかしの一種ともいわれている。時に小さな悪戯《いたずら》をすることもあるというが、長らく人間との親交を深めてきた子ども姿のあやかしだ。

「すごいなあ、優人くんは」

先に二階自宅へと戻った日鞠は、キッチンで晩ご飯の支度を進めていた。

野菜を切りそろえフライパンで火にかけていた日鞠は、ぽつりと独りごちる。

「私も、あんなふうにあやかしとの繋がりを大切にできていたら……どうなっていたのかな」

日鞠と優人は、とても近しい境遇だった。

幼い頃にあやかしが見えていたことも、それが元で周囲から孤立してしまったことも。

大きく違うのは、日鞠は人との交友を選び、優人はあやかしとの交友を選んだ点だ。

恐らく、どちらかが正解という話ではない。

それでも、自分が選び取れなかった道を選んだ優人の姿は、日鞠にとってとても眩《まぶ》しいものに思えた。

「帰ったぞ」

「孝太朗さん。おかえりなさい」

カフェの営業を終えた孝太朗の帰宅に、日鞠はぱたぱたと玄関へ向かう。

「今日もお疲れさまです。昼休みには、優人くんの件で時間を割《さ》いていただいて、ありがとうございました」

「別にいい。お前があやかしごとに引き寄せられるのは、今に始まったことじゃねえからな」

淡々と告げる孝太朗に、日鞠は小さく苦笑を漏らす。

この街に来て以降、日鞠は再びあやかしたちと関わりを持ちながら生活をしている。

幼い日に一度自ら手放してしまった、あやかしたちとの縁《えにし》の糸。それを繋ぎ直すことができた自分は、本当に幸運だったに違いない。

そんな幸運がなければきっと、孝太朗と再び出逢うこともなかったはずだ。

「優人くんが話していた木の子の手がかりを、何とか見つけることができるといいんですが。やっぱり、知り合いのあやかしたちに地道に聞いて回って情報を……」

「大丈夫だ。心当たりならすでにある」

「……へっ⁉」

思いがけない孝太朗の発言に、日鞠は声を裏返した。

「特定できているわけじゃない。ただ、小学生だった頃の優人の行動範囲を踏まえれば、探すのもさほど難しくはない。類の奴もさっそく管狐《くだぎつね》を調査に飛ばすと言っていたから、恐らく数日中に目星がつくだろう」

「わあ！　本当ですか！」

想像していたよりずっと早く問題が解決しそうな予感に、思わず声が弾む。

そんな日鞠を静かに見つめた孝太朗が、「ただ」と言葉を続けた。

「あいつは『木の子の大木の場所がわからなくなった』と言っていた。それはつまり優人からではなく、木の子側からその関わりを絶《た》ったということだ」

「あ……」

孝太朗の言わんとすることが理解できた。

つまり、木の子側が優人に会いたがっているかはわからない、ということだ。

「だから孝太朗さん、心当たりがあることをあの場で優人くんに伝えなかったんですね」

少し優人に感情移入しすぎていた自分に気づき、ふうと深呼吸をする。

相手にも心がある。

片方の言い分だけを貫いて無理に引き合わせても、きっとどちらも幸せにはなれないだろう。

「ありがとうございます、孝太朗さん。優人くんのことをそこまで考えてくれていたなんて、やっぱり孝太朗さんは優しいですね」

「優しい、か」

「……孝太朗さん？」

どこか自嘲の色が滲む孝太朗の口調に、日鞠は目を瞬かせた。

「優しいのはお前だろう。偶然出逢ったあいつを、捨て置けずにここまで導いた」

「でも、それも結局は、孝太朗さんがカフェに連れてこいと言ってくれたからですよ」

「俺の言葉がなくとも、あいつの事情を知ったお前なら、きっと世話を焼かずにはいられなかっただろう」

「それは……」

なんだろう。いつもの孝太朗と、どこか様子が違う。

普段の孝太朗は、言いにくいこともそうでないことも、自分の思いをありのままに伝えてくれる。そんな孝太朗が、今は幾度となく言葉を選び直しては、喉の奥に仕舞い込んでいるように見えた。

「孝太朗さん。どうかしましたか。もしかして、何か他にも問題が？」

「いや、問題はない。管狐からの情報を待って、具体的に動き出すのはそれからだ」

「はい」

「着替えてくる」

大きな手のひらで日鞠の頭を撫でたあと、孝太朗は自室へと姿を消す。

ダイニングに一人残された日鞠は無意識に、今触れられた頭にそっと手を乗せていた。

孝太朗の言葉どおり、類が意気揚々とやってきたのは二日後の昼休みのことだった。

「管《くだ》ちゃん調査隊から、さっそく報告が上がったよ」

「わっ、本当ですか？」

報告する類の首元には、穂村家に代々仕える憑《つ》きものの一種、管狐の管ちゃんがふわふわと漂っていた。

ぴょこんと小さな三角耳に、細長い身体を包む白い毛並みは相も変わらず美しい。

きゅうん、と愛らしい鳴き声とともに、管ちゃんはつぶらな瞳から眩い光を放った。

四人席のテーブルに投影されたのは、とある街並みの地図だ。

「これは、駅前から少し離れた住宅街ですね」

「そうだね。大学前の通りを進んでいって、国道に入る手前ってところかな」

北広島の街には、駅前から少し離れた先に大きな国道が通る地区がある。

優人の住まいはそちらの住宅街で、出身の地元高校にもバスで通っていたらしかった。

「そして件の木の子の居場所は、この公園みたいだね」

記された名は、大曲公園《おおまがりこうえん》。住宅街に寄り添うように存在する、大きな公園だ。

敷地内にはテニスコートや野球場があり、子どもたちがのびのび楽しめる遊具も豊富にあるらしい。

古くから愛され親しまれている、近隣住民の憩いの場なのだという。

「それじゃあさっそく明日、その公園に向かってみましょう」

「そうだね。とはいえ距離的に徒歩は厳しいから、車を出すかバスに乗るかしなくちゃだけど」

「駐車スペースのことを考えると、バスで行くのが妥当《だとう》だろう」

「ねえねえ。せっかく国道方面に行くなら、くるるの杜《もり》で昼食を取っていくのはどう？」

「くるるの杜《もり》、ですか？」

首を傾げる日鞠に、類は嬉しそうに言った。

「くるるの杜《もり》は、この公園に行く道途中にある施設でね。畑や農畜産物の直売所、それにレストランブッフェもあるんだ」

「わあ、ブッフェですか。素敵ですね」

地図を確認すると、確かに目当ての公園とくるるの杜《もり》は徒歩圏内にある。

話し合いの結果、公園で木の子の話を聞いたあとにくるるの杜《もり》で昼食を取り、再びバスで帰宅するプランでまとまった。

北広島駅前からの所要時間は十五分弱。

乗り込んだバスは住宅街、大学前、緑の深い森林脇の通りを抜けていった。

やがて目的のバス停に到着し、日鞠たちはバスを降りる。

徒歩で僅か数分ほどの場所に、その公園はあった。

「わあ、想像以上に大きな公園ですね！」

閑静な住宅街を包み込んでいるかのような、自然溢れる公園だった。

広い敷地内はいくつかの区画に分かれているようだ。大きなアスレチック遊具の広場や、ゆっくりお喋《しゃべ》りを楽しめそうなベンチエリア、奥には金網で整備されたテニスコートも存在している。

脇道にまだ僅かに雪が残っているものの、長い冬を越した芝生の緑はきらきらととても眩しかった。

「見てください二人とも！　小山伝いに階段があります！　この先には何があるんでしょうね？」

「ははっ。せっかくだからゲームでもしてみようか。グーが『ルイ』、チョキが『ヒマリ』、パーが『コウタロウ』で、最初に頂上に辿り着いた人が勝ち！」

「わあ！　いいですね、やりましょう！」

「子どもか」

ため息交じりの孝太朗も半強制的に仲間に加え、三人は坂道に続く階段を上っていく。

最初に頂上に辿り着いた日鞠を待ち受けていたのは、美しい芝生に囲まれた野球場だった。

「すごい。見てください孝太朗さん、類さん。こんなところに立派な野球場が……、わ……っ」

階段のほうを振り返った瞬間、目の前に広がる光景に思わず息を呑む。

頂上から数段下にいた孝太朗も同じように背後に目を向け、静かに口を開いた。

「ここからは、周囲の街並みを一望できる」

「綺麗……」

まだ雪の白をところどころに残す、北広島の街並み。

たくさんの人間とあやかしが、溢れる自然に囲まれながら日々の生活を営んでいる。

全国的に見れば、きっと珍しい光景というわけではないのだろう。

それでもこみ上げる感動に、日鞠は胸がじんと温かくなるのを感じた。

「日鞠」

ふと、こちらを見上げる孝太朗と目が合う。

「あまり見惚れてるなよ。お前はよく転ぶからな」

「っ……」

今の孝太朗の言葉は、きっと眼前に広がる風景に対してのものなのだろう。

それでも、今まさに見惚れている相手本人から告げられた言葉に、日鞠は顔を熱く火照《ほて》らせる。

柔らかな色合いの青空を背景に、こちらを真っ直ぐ見つめる孝太朗の眼差し。

それが日鞠には、何よりも美しく、代《か》えがたいもののように思えた。

「あーあー。ごめんねちょっと失礼しますよーっと」

「ひえっ！　る、る、類さん」

「はいはい。類さんですよ。巷《ちまた》で大人気のイケメン類さんですよー」

棒読みで割って入った類に、日鞠は慌てふためき、孝太朗は不快げに眉を寄せた。

「なんだその物言いは」

「いやあ。二人がいい雰囲気になるのはいいんだけどね。類さんの存在をあっさり忘れちゃうのは勘弁してほしいかなーってさ」

「あ？」

「あ、ああ！　それはそうと、問題の木の子くんがいる場所はどの辺りなんでしょうねっ？」

これ以上険悪な雰囲気にならないようにと、日鞠は笑顔でぱんと手を打つ。

睨《にら》み合《あ》いを切り上げた二人は、小山の上から辺りをゆっくりと見渡した。

「この辺りは木が生い茂っているからな。木の子の棲み処候補は至るところにある」

「木の子は近隣の木々をあちこち転々とするあやかしだからね。加えて妖気もとても感じ取りにくい。居場所を探し当てるのは、実は結構難しいんだ」

管狐の管ちゃんが園内をふわふわと飛び回っているが、確かに木の子捜索に苦戦しているようだ。

「困りましたね。木の子くんを見つけるには、一体どうするのが最善なんでしょう」

「なら、違う方法を使えばいい」

「違う方法？」

目を丸くする日鞠をよそに、気づけば孝太朗と類は再び真っ直ぐ対峙《たいじ》していた。

それはまるで、決闘でも始まるかのような空気だ。

「恨みっこはなしだからね、孝太朗」

「勝負は一回。やり直しはなしだ」

「え、え、あの、二人とも？」

「せーの！　じゃーんけーん」

ぽいっ！

困惑する日鞠の前に出されたのは、二人の大きな手。

孝太朗の手はグー、類の手はパーだった。

「よーし！　正真正銘俺の勝ち！　日鞠ちゃんも見てたでしょ？　俺、ズルもいかさまもしてなかったもんね？」

「あ、は、はい！」

なんだ。ただのジャンケンか。

しかし、それにしては類の喜びようは凄まじい。加えて孝太朗は、何やら不本意そうに顔をしかめている。

「あの。今のジャンケンは、何を決めるためのジャンケンだったんですか？」

「こういう事態になることはある程度予想していたからねえ。いざとなったらどちらかの力を使おうって、事前に孝太朗と話をつけていたんだ」

「力を使う、というのは」

「日鞠。一応俺から離れてろ」

「あ……」

低い声が届いた、次の瞬間だった。

草原に立っていた孝太朗が、静かにまぶたを閉ざす。

すると、徐々にその身体が眩い光の粒に覆われてゆく。

光が消えて現れたのは、以前に一度目にしたことのある、狼姿の孝太朗だった。

「孝太朗さん」

「……」

「この姿の孝太朗さんと会うのは、去年の春以来ですね」

艶やかな漆黒の毛並み。

三角の耳は天に向かってピンと立ち上がり、背後に揺れる尻尾はふわふわと触り心地が良さそうだ。

かつてこの街を訪れたばかりの日鞠を助けてくれた狼に、自然と笑みがこぼれる。

「獣の姿になれば孝太朗も俺も、五感が桁違いに鋭くなるからね。管ちゃんでも見つけるのが困難だと判断したときには、どちらかが獣の姿で捜索しようって決めてたんだよ」

「そういうことだったんですね」

ということは、やはり類も獣の狐の姿に変身することができるのか。

いつかぜひ見せてほしいなと思いつつ、日鞠は改めて狼姿の孝太朗を見る。

狼姿の孝太朗は、人の言葉を話すことができないらしい。

いまだ不本意そうな面差しではあったが、日鞠の嬉しそうな様子にほんの僅かに雰囲気が柔らかくなった気がした。

「嬉しいです。狼姿の孝太朗さんと、こうしてまた会うことができて」

「……」

「孝太朗さん。木の子くんの居場所、見つけてもらえますか？」

日鞠の問いかけに、孝太朗はくいっと顎を引く。

ふんふんとあちこちに鼻先を向けたあと、三角耳がぴくんと揺れた。

「向こうですね。類さん、行きましょう！」

「了解！　って、ちょっとちょっと孝太朗、足速っ！」

地面を大きく踏み切った孝太朗が、草原を一気に駆け抜けていく。

あっという間に豆粒ほどの大きさになってしまった孝太朗を、日鞠と類は慌てて追いかけた。

途中「くろいワンちゃん！」と嬉しそうに指さす子どもと、「え、どこどこ？」と首を傾げる父親らしき人物に出くわした。

狼の目撃情報を流されるのではと冷や汗を掻《か》いたが、狼姿の孝太朗は通常人間の目には見えない。子どもに視る力があっても、親に見えていないのであれば多分問題はないだろう。

引き続き孝太朗のあとを追跡すること数分。

黒い獣が、ある大木の根元でぴたりと動きを止めた。

「この木ですね」

「ああ」

人間の姿に戻った孝太朗が、短く答える。

園内のあちこちを駆け回った結果、辿り着いた先。そこに植わるのは、立派な幹を持つ大きな木だった。

ここに、優人が会いたがっている木の子が棲んでいる。

「ごめんください。木の子くん。いらっしゃいますか」

少し緊張をはらんだ声で、日鞠は木に向かって問いかけた。

しかし、いくら待っても返答はない。

あやかしのほうからすれば、身に覚えのない突然の来訪者だ。すぐに応対しないのも当然だろう。

諦めることなく、日鞠は再度声をかけた。

「突然来訪してしまってごめんなさい。実は一度、どうしてもお話ししたいことがあるんです。少しだけ、あなたの時間をもらえませんか」

「――まだ肌寒いこの季節に、物好きの姉ちゃんがいたものだなあ」

冬にも春にもなりきれない風が、辺り一帯を吹き抜けた。

咄嗟に閉ざしたまぶたを、日鞠はゆっくりと開く。

すると大木の枝の上に、小さな子どもが胡坐をかいていた。

「姉ちゃん。おいらに用事かい。しかも山神さまと穂村家のお狐さままでいらっしゃるなんてなあ」

「あなたが、木の子くんなんだね」

葉や木の実で彩られた服をまとった、手のひら程度の大きさの身体。

枯れ葉を思わせる赤茶色の髪が、元気にあちこちツンツンと跳ねていた。

無邪気さと悪戯っぽさが仲良く同居している大きな瞳が、日鞠をじいっと観察する。

「はじめまして。私は桜良日鞠。去年の春から、こちらの孝太朗さんの薬膳《やくぜん》カフェで働かせてもらっているの」

「姉ちゃんが山神さまの彼女さんか。噂には聞いてたけど、まさかお目にかかれるとは思ってなかったなあ」

「か、彼女……」

あけすけに投げかけられた言葉に、日鞠は口ごもってしまう。

「へえ。孝太朗と日鞠ちゃんの噂は、こっちの地区にもしっかり広まってるんだねえ」

「そりゃあもちろん。中には山神さまの茶屋にわざわざ偵察に行って、彼女さんの人となりを確認する弾丸ツアーを企画してる奴もいたんだぜ。ま、それも最近は収まったみたいだけどな」

「だ、弾丸ツアー？」

「あー。確かにいつだったか、カフェの前にやたらあやかしの気配を感じていた時期があったような？」

「平和で何よりだな」

次々に飛び出す単語に混乱しているのは、どうやら日鞠一人だけらしい。

孝太朗も類もある程度あやかし界隈《かいわい》の事情は承知していたらしく、語らいもそこそこに話題を移した。

「本題だ木の子。今回お前を訪ねたのは、ある人間からお前を探してほしいと依頼を受けたからだ。名前は深沢優人。歳は二十二。この公園のすぐ近所に住んでいる」

「ふかざわ、ゆうと？」

木の子が優人の名を口にする。

表情の微細な動きに、日鞠は神経を集中させた。

「木の子くん。優人くんのこと、覚えているかな」

「うーん。知らないなあ」

「えっ」

返ってきたのは、思いがけない答えだった。

「おいらはこんなちっちゃななりをしてるけど、ここに棲みついてもう何年も何十年も、下手したら何百年も経ってるんだぜ。人間との交流だって、それこそ記憶からこぼれ落ちるくらいに経験してるんだ。急に名前を挙げられてもぱっとは出てこないよ」

「そ、そっか。そうだよね」

確かに、木の子の言うことも一理あった。

少し残念にも思うが、木の子がすぐに優人のことを思い出せないことも仕方がないのかもしれない。

「じゃあ、優人くんについてもっと詳しくお話ししてもいいかな。もしかしたら、話している内に色々と思い出すことができるかもしれないから」

「うーん。でもおいら、寒い季節は基本的に木の中でゆっくり過ごしたい主義なんだよなあ。ほら、今だって三月になったとはいえ、まだまだ寒いだろ？」

「あ……確かにそうだね。今日もまだ少し寒いよね」

「だからそうだなあ。どこか暖かくてゆっくりできる場所に連れていってくれれば、その話もじっくり聞けるかもしれないなあ」

日鞠と木の子のやりとりを、孝太朗と類は無言のまま見守っていた。

「それなら私たち、昼食はすぐ近くの『くるるの杜《もり》』で食べていこうって話していたの。よければ木の子くんも一緒に来ない？　そこでゆっくりご飯を食べながらお話ししよう！」

「確かにおいらも、二時間くらいなら人間の姿に化けることができるかもしれないなあ。あ、でも駄目だ。おいら、人間のお金持ってないんだ」

「私がご馳走するよ。だから心配しないで、一緒にご飯を食べに行こう！」

「おお。本当にいいのか？　やったー！」

ぽんと人間の子どもの姿に化けた木の子が、無邪気な笑顔で日鞠に抱きつく。

「……幼い頃のお前を見ているようだな、類」

「うーん。まあなんというか、世渡り上手ってやつ？」

「孝太朗さーん、類さーん！　行きますよー！」

孝太朗と類が小声で交わす会話ははっきり聞き取れないまま、日鞠は木の子と手を繋いで歩き出した。

くるるの杜《もり》は、野菜や米、乳製品などが豊富に集まる農畜産物直売所があるほか、農業に関わるイベントも定期的に開かれている施設だ。

そしてこの施設の目玉のひとつが、大きなレストランブッフェだった。

「わあ……！」

木の温もりをいっぱいに感じられるレストラン内は、明るい春の陽光に溢れていた。テーブル席側を囲うように並ぶ大きな窓からは、緑豊かな広場や森林を見渡すことができる。

まるで屋外にいるかのような心地よさに、思わず顔が綻んでしまう。

「わーい！　こんなに美味そうなご飯にありつけるなんて、久しぶりだ！」

「あっ、駄目だよ木の子くん。レストラン内を走り回っちゃ」

慌てて注意しつつも、日鞠は木の子の喜び勇む気持ちが理解できた。

大テーブルに並べられたブッフェメニューは、どれも来客の視線をさらう美味しそうなものばかりだ。食材の新鮮さや彩りもさることながら、料理に込められた人の想いまでもが伝わってくる。

悩みに悩んでようやくメニューを選び終え、四人は揃って手を合わせた。

「わあ。このサラダ、シャキシャキしていてとても美味しいです！」

「ここのメニューはどの食材も新鮮で、自然本来の味わいが楽しめるよねえ」

「旬の食材を食べることは、その季節に不足しやすい栄養を補うことに繋がるからな。味もいいし、身体にもいい」

瑞々しい野菜たちに魅力たっぷりのお肉、主食のお米や麺までもが、どれもとても美味しい。

味も彩りも申し分ない料理たちに、日鞠は思わず箸が止まらなくなった。

「んで？　姉ちゃんたちは、おいらに聞きたいことがあったんじゃねえの？」

「あ」

味噌汁の味わい深さに感嘆の息を吐いたタイミングで、呆れ顔の木の子が口を開いた。

そうだ。料理のあまりの美味しさに忘れかけていたが、大切な用件が残っていた。

「そうそう！　木の子くんに、さっきお話しした優人くんについて、何か思い出してもらえたらと思ってね」

「優人、って名前から察するに、男なのか？」

「うん。はじめからお話ししたほうがいいかもしれないね。まず、君と優人くんが出逢ったきっかけは……」

日鞠は、先日優人から伝え聞いたことを丁寧に木の子へ説明した。

時に類が持ってきたデザートのアイスを頬張りながら、時に孝太朗が持ってきたコーヒーに口を付けながら。

そして優人がもうすぐ長年の夢だった美術教師になれるのだというところまで話し終え、日鞠はほうっと息を吐いた。

改めて、隣席に座る木の子に視線を向ける。

その表情からは、残念ながら感情の変化を見て取ることはできなかった。

「どうかな木の子くん。何か、少しだけでも、思い出せたことはある？」

「いんや。残念だけど、その人間のことはとんと思い出せないなあ」

首を傾げながら、木の子はかりかりと頭を掻く。

一瞬落胆した日鞠だったが、感情を表に出さないよう努《つと》めて笑みを浮かべた。

「もう十年以上前のことだもんね。木の子くんが忘れてしまっても、不思議はないのかもしれないね」

「でもまあ、その優人って奴も、もうすぐ夢の新生活が始まるんだろ？　だったら昔の小さな出来事なんて忘れて、新しい世界に飛び出していったほうがいいんじゃねえの」

「そう、なのかな」

子どもの姿にもかかわらず、木の子の言うことはとても大人びている。

確かにそのとおりかもしれないが、日鞠はどうしても胸に引っかかるものを感じずにはいられなかった。

夢を実現した今だからこそ、改めて夢を抱くきっかけをくれた存在との記憶が蘇ったのではないだろうか。

それほどまでに、木の子との時間は、優人にとって大切なものだったのだ。

「今は人間の友達だっているんだし、わざわざあやかしとつるむ理由だってないだろう？　だったら、きっとそれでいいんだよ。人間とあやかし、どのみちいつかは別れのときが来るんだから」

「えっ」

「だってさあ。少なくともおいらは、人間の何倍も長生きするんだぜ？」

それは、さも当然という口調だった。

「どんなに交流を持っていたって、いずれ人間は先に死ぬ。それがわかっていながら、仲良しで居続けたって意味ないじゃんか。だっていつかは離れるんだ。置いていかれることがわかっている関係なんて、虚《むな》しいだけだろ？」

「木の子くん」

「そのくせ人間って奴は、見た目だけは一丁前にどんどんでかくなっちまうんだもんな。今なんてもう、おいらの十倍近くも身長があって……」

「見たのか」

長らく沈黙を保《たも》っていた、孝太朗の声だった。

「お前の十倍近くもの身長に成長している優人の姿を。お前は目にしたことがあるのか」

「……！」

その問いかけに、木の子の瞳が僅かに揺れた。

「違う。今のは、言葉のあやってやつだよ」

「虚しいだけか。確かに、お前の考えも理解はできる」

コーヒーカップをソーサーに下ろすと、孝太朗は木の子を真っ直ぐ見据えた。

「それが理由か。優人に別れの言葉ひとつ告げることなく姿を消したのは」

「……それは……」

「優人の話では、声をかけてきたのはお前からということだったな」

「……」

「それが真実なら、随分とまあ身勝手な友情関係だな」

「違う！　おいらはただ、優人のことを思って！」

木の子が張り上げた声はレストラン全体に響き渡り、日鞠と類は素早く周囲に詫《わ》びる。

木の子と孝太朗は、強い視線を交えたまましばし沈黙した。

「はあ。これだから木の子のじいさまから、お前はひよっこだとか言われるんだ。まだまだだなあ、おいらも」

「俺は、優人にもお前にも肩入れするつもりはない」

「へえ、意外だな。今の山神さまは、歴代の山神さまに比べて特に人間にお優しいと聞いていたけど」

「優しいの定義は知らねえが、許可なくお前の話を他言するつもりはねえよ」

だから、安心して事情を話していい。

言葉に表れた孝太朗の想いが伝わったらしく、木の子の瞳が大きく見開かれる。

それから木の子は、ぽつりぽつりと話しはじめた。


木の子が優人に声をかけたのは、ただの気まぐれだった。

じめじめと湿気の溜まった公園の日陰で、無言のまましゃがみ込む少年。

夕焼け色に染まりつつある空を気にも留めない様子なのを、いい加減見かねたというほうが近かった。

「湿っぽい顔をしてるなよ。頭にキノコが生えてくるぞ」

確かそんな会話が最初だったと記憶している。

自分としては自分の名をかけた冗談も兼ねていたが、優人は怪訝な顔でこちらを見るだけだった。

出逢いこそ微妙なものだったが、二人はすぐに仲良くなった。

優人はあやかしに偏見を持っていなかったし、木の子自身も人間と遊ぶことに抵抗はなかった。

周囲のあやかしからはあまり深入りしないほうがいいと忠告されたが、しょせん子ども同士の関わりだと放っておかれた。

今となれば、その忠告は半分当たりで半分外れだった。

ある日優人は、学校で友達ができたと嬉しそうに報告してきた。

なんでも、木の子が以前褒め称えた優人の絵を、クラスメートが褒めてくれたのだという。

ああ、引き際だな。

ごく自然にその思いが去来した。

「馬鹿だなああいつ。別に忘れたままでよかったのに。優しくてお人好しなところは、昔とちっとも変わらないのな」

「木の子くん。成長した優人くんの姿を見たことがあるの？」

「時々な。木の子は木に宿るあやかし。仲間の木の子の伝手《つて》さえあれば、宿り木から見える景色を共有することができる」

例えば、小学校に生えていた若い苗木。

中学校に古くから植わっている桜の木。

高校の門前で生い茂る大木。

成長していく友人の姿を、木の子はただただ見守っていた。

いまだに子どもにしか見えない自分の姿を思い、小さく自嘲の笑みを浮かべながら。

「まあ、そういったわけで。わざわざおいらとの交流を再開する必要はないって話だよ。優人はこれから新社会人としてますます忙しくなるだろう。職場の仲間だっているし、生徒たちとの交流だってある。それに何よりおいら自身、優人と別れるのは一度で十分だしな」

「木の子くん……」

「日鞠、類。ちょっとここで待っていろ」

「孝太朗さん？」

席を立った孝太朗が、木の子への視線を外すことなく告げた。

「木の子と、二人で話したいことがある」

孝太朗の言葉に微かな戸惑いの表情を浮かべながらも、木の子は素直に従った。

レストラン裏手の広場へ伸びている長い小道を、二人はゆっくりと歩いていく。

そしてそんな二人の背中を、日鞠と類はレストランの大窓越しに見守っていた。

「孝太朗さんと木の子くん、大丈夫でしょうか」

「まあ、問題ないでしょ。あれで一応孝太朗も、この街のあやかしを統べる山神さまなわけだからね」

肩をすくめながら食後のコーヒーに口を付ける類だったが、日鞠は遠ざかっていく二人から目が離せなかった。

日鞠自身、今木の子に何と言葉をかけるべきかを問われても、はっきりと答えることは難しい。

人間とあやかしの違い。

生まれ、持った能力、暮らし方、そして亡くなる時期。

今までどこかでわかってはいた。

けれどそれは触れていいのかわからない疑問で、幾度となく自身の心の奥にそっと仕舞っていたものだった。

「孝太朗や俺のような奴の寿命は、人間とほとんど変わらないよ」

「えっ」

唐突に告げられた言葉に、日鞠は目を見開く。

「あやかしの中には、確かに人間と寿命が大きくずれる者もいる。それでも、人と生活圏や暮らし方を共にしてきた俺たちの寿命は、日鞠ちゃんたちと大差ないんだ」

「類さん……」

「言葉足らずな幼馴染みに代わって、一応ね。余計なことだったかな」

「いいえ、そんなこと」

慌てて首を横に振る。

類はいつもそうなのだ。人の気持ちを敏感に察して、すっと手を差し伸べてくれる。

「類さん、ありがとうございます」

「いえいえ。こういうところを抜かりなくフォローするのは、イケメン類さんの専売特許だからさ？」

「ふふ。そうですね」

朗《ほが》らかに告げる類に、日鞠も笑みを漏らす。

そっとコーヒーを一口飲みながら、日鞠は再び、広場奥に佇《たたず》む二人に視線を向けた。

木の子の気持ちもわかる。優人の気持ちもわかる。どちらも互いに、相手を大切に想い合っているのだということも。

たとえ寿命の違いがあったとして、人間とあやかしの交流は虚しいだけのものなのだろうか。

「なかなか遠くまで歩いていっちゃったねえ」

「はい。そうですね」

「二人が何を話しているか、気になる？」

「はい……、えっ？」

思わず頷いた直後、日鞠は慌てて類のほうを振り返った。

そこでは、茶目っ気たっぷりに笑みを浮かべた類が、指先で輪っかを作っている。

囲われた円にふーっと息を吹きかけると、白くて長い身体を揺らした管ちゃんが現れた。

「る、類さん。もしかして、孝太朗さんと木の子くんたちのお話を盗み聞きするつもりですか？」

「そういうわけじゃないよー。ただ、最近の俺って結構頑張ってるんだよねえ。薬膳《やくぜん》カフェの仕事然《しか》り、穂村家の家業然り。そんな中でなんとなーく編《あ》み出《だ》した、管ちゃんとの新しい幻術のひとつを試してみようかと」

「新しい幻術？」

「周りのお客さんたちには見えないから安心して。それじゃ、やってみよっか」

その言葉のあと、類は人差し指をすっと天井に向けた。

瞬間、管ちゃんが天井でクルクルと回り、美しい円を描いた。そこから徐々に、きらきらと光の粉のようなものが落ちてくる。

「あ……、わ……っ」

「おおー。実験は大成功みたいだね」

驚きに口元を手で覆う日鞠に、類は愉《たの》しげに頷いた。

光の粉が落ちたその場所に、遠い小道の先にいるはずの二人の姿が映し出されていたのだ。

向こう側の光景がうっすら見える程度に透けているが、孝太朗と木の子の表情もはっきりと見て取れる。

慌てて辺りを見回すも、類の言葉どおり、この光景を目にできているのは類と日鞠の二人だけのようだった。

「あーあ。孝太朗ってば、少年を連れ出しておいて気の利《き》いた世間話ひとつもしないのかあ。ほんと、筋金入りの無愛想だもんねえ」

「類さんっ。この幻術ってまさか、向こうの会話も聞こえてきたりするんですか？　そうなると、やっぱり完全に盗み聞きじゃありませんかっ」

「あはははは」

「あはははは、じゃありませんよ……！」

『置いていかれることがわかっている関係は、虚しいだけだと言ったな』

次の瞬間、管ちゃんの作り出した幻術内の孝太朗が口を開いた。

『その想いもわかる。お前は特に長寿のあやかしだ。これまでも様々な交流を通じて、葛藤してきたんだろう。そしてそのたびに思い知ってきた。人間への想いが強ければ強いほど、別れのときが辛いことを』

『……』

『でもそれは人間とあやかしに限ったことじゃねえ。人間と人間、あやかしとあやかしも、各々《おのおの》の寿命は異なる。親と子、恋人、夫婦だってそうだな』

孝太朗の言葉に、日鞠ははっと目が覚める心地がした。

不意に、幼い頃に両親と祖母を相次いで亡くした記憶が蘇る。

そのときは目の前が真っ暗になって、胸が張り裂けそうで、世界中で自分だけが一人ぼっちのようだった。

そんな日鞠を、たくさんの人が救い出して、寄り添って、愛してくれた。

そして今は、この街で暮らしている。

大好きな人たちと、あやかしたちに囲まれて。

『俺の両親もそうだった。父は山神の地位に就くあやかしだったが、母は普通の人間だった。加えて、あやかしである父が先に急逝《きゅうせい》した。母も、俺を産むと同時に亡くなったが』

『っ、や、山神さま！　おいら、先代さまを貶《おとし》めるようなつもりは決して……！』

『わかっている。ただ俺は、父と母に感謝している。二人のおかげで、俺は今の俺でいられる。器用な立ち回りができているとは言えねえが、街のあやかしたちとも、それなりに友好的な関係を結べている。……二度と手を離したくないと思える相手にも、再び逢うことができた』

　語られた孝太朗の言葉に、日鞠の心臓がどきんと大きく鳴った。

『たとえ置いていかれることがわかっているとしても、他者との交流は、決して虚しいものじゃない』

　孝太朗は静かに語り続ける。

『縁《えにし》の糸の結び目。解くも解かないも自分次第だ。それでもお前はずっとその結び目を解いてこなかった。優人の生き様を十数年間、木陰から見守ってきたんだろう』

『……っ』

『それがお前の答えだ。俺にはそう思えるがな』

『……あいつは……、優人は』

『なんだ』

『おいらのこと……怒ってない……？』

木の子の大きな瞳から、ぽろぽろと雫《しずく》がこぼれ落ちる。

肩を震わせて泣きじゃくる木の子の頭を、孝太朗は優しく撫でた。

同じように瞳にいっぱいの涙を浮かべた日鞠が、堪えきれずにレストランを飛び出す。

広場へ伸びる細道を駆け抜け、涙で頬を濡らす木の子の小さな身体を、日鞠は力一杯に抱きしめた。


それから数日後。

日鞠たち三人は、改めて大曲公園を訪れていた。

ただし、今日は新たに加わった人物がいる。

「日鞠さん、孝太朗さん、類さん。お待たせしました……！」

「こんにちは、優人くん。新生活準備で忙しい中なのに、呼び出しちゃってごめんね」

「そんなことありません。そもそも俺のほうが、皆さんに無理な頼みごとをしているんですから」

待ち合わせ場所のベンチエリアで落ち合ったのは、ダウンジャケットに私服姿の優人だった。服装のせいか、以前カフェで話したときよりも若干幼い印象だ。

　もともと近所に住んでいるだけあり、初見ではなかなか見つけづらい坂途中の階段から、慣れた様子でやってきた。

「へえ。優人が今通ってきたあそこにも、公園への階段があったんだ。俺、全然気づかなかったよ」

「そうなんです。子どもの頃は、それこそ朝から晩まで遊んでいた場所ですから。この辺りで育った人間にとってこの公園は、やっぱりいつまでも身近で馴染み深い場所ですね」

　類の言葉に、優人はどこか嬉しそうに語る。

　そんな横顔を見つめながら、日鞠は密かに緊張している自分を宥《なだ》めるように、そっと息を吐いた。

「実はね優人くん。今日ここに呼び出したのは、木の子くんの手がかりが掴《つか》めたからなの」

「え！　それ、本当ですか⁉」

　思わずといった様子で、優人が前のめりに日鞠に迫る。

　次の瞬間、はっと我に返ったらしい優人が素早く日鞠との距離を取った。

「す、すみません。まさかこんなに早く見つかるとは思っていなくて、その、つい！」

「ふふ、全然いいんだよ。私もね、優人くんはきっと、すごく喜んでくれるだろうなあって思ってたから」

「そう、ですか」

気まずそうに視線を泳がせる優人に、日鞠はどこか微笑ましい気持ちになる。

思春期に差しかかった時期の弟も、こんなぎこちない態度のときがあったような気がする。

そんな思いを巡らせていると、ふっと視界が陰ったことに気づいた。

「孝太朗さん？」

「まだ、手放しに喜ばせるわけにはいかねえだろ。話はここからだ」

「はい。そうでしたね」

ぬっと二人の間に進み出た孝太朗に、日鞠は大きく頷く。

一瞬呆気《あっけ》にとられた様子の優人だったが、孝太朗の意味深な言葉にすかさず反応した。

「えっと、話はここから、というのは？」

「お前が過去に交流を持っていた木の子は、今も変わらずこの公園にいる。お前と会うことも了承した。だが、向こうも思うところがあると言って、条件をつけてきた。この敷地のどこか……お前との思い出の場所で、お前のことを待つと」

優人の瞳の中の光が、微かに揺れた。

思い出の場所。

つまりそれは、自分がいつの間にか忘れてしまった大木の場所のことだと気づいたのだろう。

「探し出す期限は日没まで。それ以降は、肌寒くて待っていられないと言っていた」

「日没って、あと大体一時間ってことですかっ？」

優人は慌てた様子で腕時計を確認する。

「大丈夫。優人くんならきっと、木の子くんのもとに辿り着くことができるよ」

「日鞠さん」

「それとこれは、私から木の子くんに向けた贈り物」

「！　これは……」

日鞠が差し出したのは、ハガキサイズの画用紙だった。

ビニール袋に丁寧に収められたそれは、先日逢った木の子を描いた水彩画だ。

透明になりかけた記憶に触れるものがあったのだろう。優人は目を見開いたまま、木の子の絵を食い入るように見つめている。

「実は私も、絵を描くことが大好きでね。いつもこの街で出逢ったあやかしさんの絵を描かせてもらっては、ささやかだけどプレゼントしているの」

「……これはなおのこと、あいつを見つけないわけにはいきませんね」

絵をしっかり受け取った優人は、どこか無邪気な笑みを浮かべる。

「皆さん、本当にありがとうございます。皆さんからいただいたこの機会、俺、絶対に無駄にしませんから！」

◇◇◇

大曲公園の中を歩いていると、あちこちで幼い頃の自分の幻影が見える。

大きな遊具の周りでひたすら鬼ごっこをして遊んだなあとか、坂道にある白い階段を全速力で競走したなあとか。

そして優人がそんな懐かしい感覚に浸《ひた》ろうとすると、決まって誰なのかわからない、影のような存在が思い起こされた。

今思えば、その影こそが木の子だったのだろう。

それだけ自分はこの公園で、木の子との時間を過ごしてきたのだ。

「くそ。ここも違うか」

テニスコートの裏に生い茂るのは、いまだ根元を雪に浸したままの木だ。

他にも野球場裏に生えた木や、遊具近くの木もくまなく探していく。

しかし、結局目当ての人物に出逢うことはなかった。

「そもそも俺の目に、木の子だけ映らなくなった、なんてことはないよな……？」

辺りの気温はひんやり冷たいのに、優人の身体は汗が滲むほど熱くなっている。

あちこち園内を駆け回ったため、心臓が胸をどんどんと叩いて痛いほどだった。

「もうすぐ、日が暮れちまうよなあ」

膝に手を置いて見上げた空は、徐々に橙色に染まりつつある。

いつもは創作意欲が湧いて仕方がない美しい夕暮れも、今の優人にとっては期限を示す警告色だ。

「……？　ちょっと待てよ。夕暮れ、夕暮れ……」

今、ほんの僅かに引っかかった記憶を、慎重にたぐり寄せていく。

そうだ。

確か、初めて木の子と出逢ったときも、こんな風に綺麗な夕暮れ時だった。

あのときは紅蓮《ぐれん》色の空に真っ黒な影が急に現れたから、とても驚いた。

木の子だけじゃない。木の子が背にしていた木々も真っ黒だった。

夕陽の、影になっていたから？

はっと目を見開いた優人は、慌ててジャケットのポケットにしまっていたものを取りだした。先ほど日鞠から託《たく》された、優しい色合いの木の子の絵だ。

この時間帯に木々の陰が落ちる場所。そして絵の中の木の子がまとっている、形が特徴的な木の葉。

それに気づいた瞬間、優人は一目散に駆けだした。

◇　◇　◇

雪の姿が消えつつある。

もうじき土から草木が芽を出し、また新たな季節を迎える。

広々とした公園に植わる木の根元に腰掛け、木の子は早春の風を感じながらまぶたを閉じていた。

もう何度この季節を迎えたことだろう。

そしてもう何度、あいつのことを思い出すのだろう。

人間との関わりを持つことは、木の子にとってそんなに珍しいことではなかった。その中で、出会いと別れを繰り返すことも、当然のことだった。

それなのに、どうして優人と過ごした時間だけは色褪《いろあ》せてくれないのだろう。

今でも、自分を慕《した》って駆け寄ってくる優人の姿が目に浮かぶ。嬉しそうに絵を見せてくれた笑顔も、自分の名前を呼ぶ声も。

「まあ、今のあいつの声は、昔とは似ても似つかない低い声になってるけどなあ」

人間は成長する。

あやかしの自分にとってはひどく刹那《せつな》的で、ひどく魅力的なことだ。

そして優人は優しい。

優しすぎて、きっと人間とあやかしとの違いに苦しんでしまう。

だから、もう自分とともにいてはいけない。

そう思っていたはずだったのに。

「キノ‼」

夕暮れ時を迎えた公園内に、低い声がこだました。

振り返った先に立つ人物の姿に、木の子のキノは大きく目を見張る。

肩を上下に大きく揺らし、息を切らせた人間が——優人が立っていた。

「キノ……キノ、だよな？」

「……あんまり久しぶりの再会で、確信が持てないかい？」

「ははっ、その憎まれ口、やっぱりキノだ」

夕日に照らされた優人の笑顔は、こうして近くで見ると、記憶のそれと比べて随分と大人びている。

それでも、猫みたいな印象の瞳や困ったように下がる眉は、昔とちっとも変わらなかった。

「何年ぶりだろうな。十数年ぶりくらいかな」

「……」

「隣、座ってもいいか」

「了承はいらない。ここはみんなの公園だからな」

ぷいっと顔を背けるキノの耳に、小さく苦笑する声が届く。

人一人分の間隔を空けて、優人は木の根元に静かに腰を下ろした。

しばらく沈黙が落ちる。

遠くからは、遊具で遊ぶ子どもたちの笑い声が微かに聞こえていた。

「……」

「……」

「……え、と。元気だった？」

「……まあ、おかげさまで」

「そうか。よかった」

「ん」

再び、訪れる沈黙。

しかし、不思議なことにそれは気まずいものではなかった。

「俺さ。もうすぐ働きに出るんだ。地元の高校で、美術教師になって」

「知ってる。とある人から聞いた」

「うん。だから、その前にどうしても、キノに会いたくなってさ」

穏やかに話す優人は、かつて幾度となく絵の題材にしていた夕焼け空を見つめていた。

人の姿に化ければ同じ位置にあったはずの優人の顔は、今はもう随分と高いところにある。

「まあ、あの人から聞かなくても、おいらはずっと前からわかってたけどな」

「え？」

「お前が進路について最後まで迷っていたことも、親父さんの説得のためにお袋さんと結託して色々画策したことも。ついでに高校在学中に憧れの先輩に告白して、人知れず振られたことも知ってる」

「あ、憧れの……お前っ、どうしてそれ！」

「別に？　ただ気まぐれにお前の様子を覗き見してただけだよ。幸いお前の行くところ行くところには、仲間たちの宿り木がたくさん植わっていたからな」

にやりと笑ってやると、優人は頬を染め悔しそうにこちらを睨んでいた。

ああ。

こういうわかりやすい表情も、本当にちっとも変わっていない。

「ひとつ忠告させてもらう。お前今、ちょっといいなあって思ってる人、いるだろ」

「え」

「あの人は止めておけ。ものすごい御方に、とっくに心奪われているみたいだからさ」

「……はあ。やっぱり？」

「新生活の幕開けなんだ。きっとすぐ他にいい人が見つかるって」

がっくり落ちた優人の肩を、ぽんと叩く。

昔と比べてがっしりとした体つき。前に触れたときはあんなに細っこかったのに。

瞬く間に大人へと成長していく親友に、少し泣きたくなる。

「って、どうしてお前が泣くんだよ」

「だって、だってさあ。俺、ずっとキノと話したかったんだよ。学校でこんな友達ができたんだとか。部活でこんなことがあったんだとか。キノに褒められた絵を頑張って、大学合格して、夢の美術教師になれたんだとかさ……！」

「だから、知ってたよ」

「そんなの、直接会って話したいだろ。親友なんだ」

「……ごめんな」

「いや。でもわかってた。キノが離れていった理由も、俺のためを思ってのことだったんだろうって」

「ごめん。ごめんな。勝手なことばっかして本当にごめん。おいら……っ」

「湿っぽい顔をしてるなよ。頭にキノコが生えてくるぞ」

　優人の言葉に、キノはぷっと吹き出した。

　互いに泣いて笑って、今までのことを語らった。

　そして、託されたという自分の絵をじいっと見つめたあと、木の子がぽつりと呟く。

「この絵を、日鞠さんが？」

「ああ。水彩絵の具で描いたらしい。すごく綺麗な色だよな」

「あのさ」

「うん？」

「今度はお前も、俺の絵を描いてこいよな。美術教師なんだろ？」

「……ははっ、ああ。約束な！」

　思えば優人が幼かったあのとき、木の子が未来の約束をすることはなかった。

二人の間に刻まれていく時間が、いつかは途切れてしまうことを知っていたから。

それでも今は、いつか訪れる別れがあるからこそ、この一瞬一瞬がこの上なく尊いのだとわかる。

種族も年齢も身長も、声色や寿命だって異なる。それでも心と心を通わせることができた、かけがえのない親友。

沈む夕陽が連れてきた夜空に、美しい一番星が瞬く。

その光はまるで、十数年ぶりに再会を果たした二人を温かく祝福するようだった。

◇　◇　◇

それから数日後。

開店前に店先の掃き掃除をしていると、駅方向の通りから見知った人物が現れた。

「優人くん！　こんにちは」

「こんにちは日鞠さん。開店前にすみません。実はこれから、勤務先の先生方と初めての顔合わせなんです」

「わ。そうなんだ。いよいよ、優人くんの新生活の幕開けなんだね」

満面の笑みでパチパチと拍手する日鞠に、スーツ姿の優人は照れくさそうにはにかむ。

「今回のこと、日鞠さんたちには大変お世話になりました。本当に、感謝してもしきれません」

「どういたしまして。でも、私たちは大したことをしてないよ。優人くんと木の子くんの想いが、お互いそれだけ強かったってことじゃないかな」

柔らかく微笑みながら、日鞠は言葉を続ける。

「今だから言うんだけどね。優人くんって、どこか私の弟に似てるんだ。歳が結構離れてて少し生意気なところもあるんだけど、やっぱり可愛くてね。だから、少しでも優人くんの力になることができて、本当によかった」

「……弟……」

「え？」

「いや。大丈夫です。なんでもないです……」

「優人」

外付けの階段を降りる音とともに、二階の自宅から孝太朗も姿を見せた。

日鞠は笑顔で出迎え、優人はぴしっと背筋を伸ばして頭を下げる。

「孝太朗さん。優人くん、これから新しい勤務先の方と会うんですって。その前に、わざわざお礼の挨拶に来てくれて」

「そうか。一杯くらい馳走するが」

「いえ。お気持ちだけいただいておきます」

眩しいものを眺めるように二人を見た優人は、年相応の笑顔を見せた。

新生活へと踏み出すに相応《ふさわ》しい、はつらつとした笑顔だ。

「今回は、本当にありがとうございました。きっとしばらくばたばたしますけど、新生活が落ち着いたらまたぜひカフェにも立ち寄らせてください」

「ああ」

「いつでも待ってるから、美術の先生、頑張ってね！」

「もちろんです。それから、孝太朗さん」

「なんだ」

「日鞠さんのこと、しっかり守ってあげてくださいね」

「……え？」

「ああ。わかっている」

「それじゃあ、お元気で！」

深くお辞儀をした優人は、くるりと背を向ける。

遠ざかる背中を見送りながら、日鞠は頭上にいくつものはてなマークを浮かべていた。

「私って、そんなに危なっかしい人間に見られていたんでしょうか……」

「ある意味当たってはいるな」

「う。確かに私、何もないところでしょっちゅう転びますけれど」

「だとしても、問題はないだろう」

見上げた孝太朗は、走り去った優人の行く先を見守っている。

「お前のことは俺が守る。これからもずっとな」

「孝太朗さん」

凛とした美しい横顔に、ふとあのときの孝太朗の言葉が蘇る。

――二度と手を離したくないと思える相手にも、再び逢うことができた。

「……私だって、そう思っていますよ」

「あ?」

「ふふ、いいえ。何でもありません！」

「入るぞ。開店準備だ」

「はい！」

薬膳《やくぜん》カフェに入っていく孝太朗に続く日鞠が、そっと空を見上げる。

雲ひとつない快晴。夢の新生活を迎える優人の、絶好の出発日和だ。
どうか彼の未来に、幸多からんことを。
新たに繋がれた縁《えにし》の糸に祈りを込めながら、日鞠は薬膳《やくぜん》カフェに入っていった。

第三話　四月、貘《ばく》と家族からの手紙

カーテンの向こう側から透ける淡い光に照らされて、日鞠は目を覚ました。
ベッドから抜け出しカーテンを開くと、部屋いっぱいに眩しい日差しが降り注ぐ。
今日のカフェは、通常どおり午前から。天気がいいから、客足も伸びるかもしれない。
白い朝陽に包まれる街の光景を眺めていた日鞠は、あれ、と小さく独りごちた。
「さっきまで何か夢を見ていたような……、どんな夢だったかな？」
日鞠はふと、チェストの引き出しから小さな箱を取り出す。
中に収まっているのは、クリスマスイブに孝太朗から贈られたパールの指輪だ。
そうだ。
先ほどまで見ていた夢の中に、これに似た指輪が出てきたような気がする。
そしてその指輪を大切そうに見つめていた、誰かの姿があったような——
「よく思い出せないけれど……きっと幸せな夢だったんだろうな」
その証拠に、夢の余韻に浸る日鞠の胸は、こんなにもほかほかと温かい。

微笑んだ日鞠は、指輪をそっと一撫でしたあと再び小箱に仕舞った。

今日もきっと、素敵な一日になる。

そんな幸せな予感を抱きながら、日鞠は自室の戸を開けた。


路肩の雪も徐々に姿を消し、道行く人の服装も身軽になりつつある。

日鞠たちの暮らす北海道は、新たな四月を迎えた。

「いやはや、孝太朗さまが作ってくださる薬膳茶《やくぜんちゃ》は、本日も誠に美味ですなあ」

午前シフトを終えた十四時からの昼休みは、あやかしのお客に向けた秘密のカフェの開店時間でもある。

最近はその時間帯になると、決まってあるあやかしがひょっこり顔を出していた。

「また昨晩も悪夢を食べすぎたのか」

呆れ顔を隠すことなく、薬膳茶《やくぜんちゃ》を用意した孝太朗が告げる。

その相手はといえば、古来夢を食すあやかしとして知られている、獏のおじいちゃんだ。

目はサイに似ていて、鼻は象のように長い。脚は虎のようで、尻尾は牛を思わせる。

古くは中国から渡ってきたとされ、悪夢を食べてくれる縁起のいいあやかしとして人々に親しまれてきた。

「いやはや、この歳になると自分の身体をつい過信してしまうからいけませんなあ。自分はもう孝太朗さまのように若くはないということは、重々承知しているのですがなあ」

「俺もようやく三十だ。長寿のあんたと比べるにはひよっ子過ぎる」

肩をすくめる孝太朗に、獏のおじいちゃんは朗らかに微笑む。

そんな獏のおじいちゃんが決まってオーダーするのは、胃が疲れているときにおすすめの薬膳茶《やくぜんちゃ》だ。

ベースとなる飲み物は温かな烏龍茶《ウーロンちゃ》。

リンゴのすりおろしとパイナップルの果実がお茶の中でゆらゆらと心地よさそうに漂い、丸い赤茶色のナツメの実が水面にころころと顔を覗かせる。

瑞々しくさっぱりとした飲み心地と、パイナップルの爽やかな風味がとても美味しい一杯だ。

「この季節にこうして獏がやってくるのも、毎年の恒例だな」

「まあ無理もないねえ。新学期は人々の期待も不安も一気に膨らむから。悪夢を見る人の数が増えるのも、致し方がないよね」

「だとしても、自分の身体に障るまで食べてはいけませんよ。夢喰《ゆめく》いもこれからはあまり無理しないでくださいね。腹八分目です！」

「ほほほ。心配は無用ですぞ。日鞠さまの元気なお顔を見られるだけで、わたくしのお腹の調子なんぞいとも容易《たやす》く治っていきますのでなあ」

「もう、獏のおじいちゃんってば」

朗らかな調子で告げられる言葉に、いつも日鞠は続く言葉を呑み込んでしまうのだった。

「獏のおじいちゃんは、孝太朗さんの薬膳茶《やくぜんちゃ》が本当に大好きなんですね」

翌日の昼下がり。

日鞠と孝太朗は、揃って北広島の街を歩いていた。

最近は徐々に気温が上昇しており、道の雪も溶けてきたので、運動がてら散歩をするのが日課になっている。

「確かに毎年この時期になるとよく顔を出すが。最近の来訪は、どちらかというとお前との会話が目的な気もするな」

「そうでしょうか。でも、あまり悪夢を食べすぎるのも考えものですね。このままだと、獏のおじいちゃん自身、お腹が苦しくてうなされてしまいますよ」

「一理あるな」

北広島駅の路線脇に伸びる道は、長いサイクリングロードになっている。どこまで長いのかというと、伸びて伸びて、隣町である札幌市《さっぽろし》に突入してしまうほどの長さだ。

『エルフィンロード』と呼ばれるこの通りは、散歩やサイクリングなどを楽しむ市民たちに古くから愛されているのだという。

「夢ってどんな味がするんでしょうね。悪夢というくらいですから、少し苦かったりするんでしょうか」

「さあな。俺はそもそも夢をあまり見ない」

「あっ、そういえば私、最近よく見る夢があるんです」

ここ数日同じような夢が続くから、朝目覚めても忘れることなく覚えていた。

白い光が溢れる世界で、誰かが幸せそうに微笑んでいる夢。

その人の指に嵌められていたあの指輪は、何度見ても孝太朗から贈られたあの指輪に瓜二つだった。

「悪夢の悩みなら、それこそ獏に事情を話すこともできるが」

「でも、その夢は悪夢ではなくて、とても温かい気持ちになる夢なので大丈夫……、あれ？」

とりとめのない会話を交わしていると、通りの向こうに見慣れた人影を見つけた。

温かそうなキルトコートに、刺繍《ししゅう》入りの手提げ鞄《かばん》。上品なロマンスグレーの髪の女性が、くずおれるように通り脇の柵に寄りかかっている。

「七嶋のおばあちゃん！」

「七嶋さん。どうかしましたか」

日鞠と孝太朗は、ほぼ同時に駆けだしていた。

少し早く着いた孝太朗に、七嶋のおばあちゃんがぐったりと身体を預ける。

「て、店長さん……日鞠ちゃんまで……」

覗き込んだその顔は、見たことのないほど真っ青になっていた。目の下には、くっきりとくまが浮かんでいる。

「七嶋のおばあちゃん、大丈夫ですか？　しっかりしてください……！」

「だ、大丈夫よ。最近寝不足でねえ、この季節になると決まってこうなの……じ、自宅に薬もあるから、それを飲めば……」

七嶋のおばあちゃんは、弱々しく笑みを浮かべる。

それならば、一刻も早く自宅に送り届けなければ。

「車を取りに行く。日鞠、お前はここで七嶋さんと待っていろ」

「は、はい！」

そう言うと、孝太朗は目を見張るほどの速さで通りから走り去った。

「ごめんなさいねえ……迷惑をかけてしまって……」

「迷惑なんかじゃありませんよ。私たちが、七嶋のおばあちゃんのことを大好きなだけですから」

七嶋のおばあちゃんの身体が冷え切らないように、ぎゅっと腕の中に包み込む。辛そうに閉ざされていたまぶたが、ほんの僅かに緩んだのが見えた。

「ありがとう……温かいわあ」

「四月はまだまだ冷えますからね。私、子ども体温らしいので、遠慮なく温まってくださいね」

「ごめんねえ。ごめんなさいね、本当に……」

「七嶋のおばあちゃん？」

「ごめんなさい、ごめんなさい……」

いつしか七嶋のおばあちゃんの身体から力が抜け、呼吸も穏やかになっていた。

それでも、うわ言のような謝罪はなかなか止むことはない。

「本当に、ごめんねえ……。……カホ……」

閉ざされたまぶたの端から、涙がこぼれ落ちる。

あまりにか細いその声には、深海の底に沈み行くような後悔の色が滲んでいた。

その後、孝太朗が用意した車に乗り、七嶋のおばあちゃんを無事に自宅まで送り届けた。

駅から徒歩圏内にある、川向こうの小さなマンションの一室だった。

「七嶋のおばあちゃん、もう本当に大丈夫なんですか？」

「ええ、ええ。大丈夫よ。二人には本当に感謝してもしきれないわあ」

薬を飲んでしばらくベッドに横になっていた七嶋のおばあちゃんは、徐々に体調も回復した様子だった。顔色もよくなり、いつもの柔らかな笑みを浮かべる姿に、日鞠はほっと胸を撫で下ろす。

ゆっくりと上体を起こした七嶋のおばあちゃんの背中を、日鞠はそっと支えた。

「七嶋のおばあちゃん。こういうことは、今回が初めてじゃないんですか」

「そうなのよ。もともと貧血持ちなのと、季節的なものもあってねえ。春が近づくこの季節は特に体調が不安定になりがちで、夜もなかなか眠りにつけないの」

季節の変わり目に体調を崩すのは、一般的によく聞く話だ。

それでも、道端で倒れ込むのはなかなかの一大事だとも思う。

……とはいえ自分も一年前に、同じように駅で倒れ込みカフェに担《かつ》ぎ込まれた過去があるのだが。

「七嶋さん、すみません。勝手ながら台所をお借りしました」

「あらあら、店長さん」

台所から、孝太朗が姿を見せる。

同時に、美味しそうな料理の香りがふわりと鼻腔をくすぐった。

「簡単なものですが、いくつか料理を作らせてもらいました。冷蔵庫に入れていますので、お好きに食べてください」

「療養食ね。店長さんに自宅で作ってもらえるなんて、贅沢《ぜいたく》すぎて罰が当たってしまうわねえ」

「大したものではありません」

嬉しそうに微笑む七嶋のおばあちゃんに、孝太朗が短く答える。

七嶋のおばあちゃんが寝入っていた間に、孝太朗は近所のスーパーへ買い出しに出ていた。

最近寝不足と言っていた七嶋のおばあちゃんのために、様々に考えを巡らせた上での料理に違いない。

そんなことを考えていると、きゅるるる、とお腹の鳴る音が聞こえた。

「あらあら。身体は正直ねえ。店長さんの料理の香りで、朝はなかった食欲が目を覚ましてくれたようだわ」

「ふふ、それだけ体調が上向いてきた証拠ですね」

「では今、少量をお持ちしますよ」

「ありがとう。お皿は適当に使ってくださいな」

「あっ、私も手伝いますね」

用意された療養食を、居間のテーブルへと運んでいく。

並べられたのは炊き込みご飯に、味噌汁、小鉢によそわれた和え物《あもの》だった。

料理の並んだお膳《ぜん》を見て、七嶋のおばあちゃんの瞳にきらきらと光が瞬く。

「ああ、本当に美味しそうだわ。この炊き込みご飯に入っているのは、もしかすると牡蠣《かき》かしら」

「はい。牡蠣とゆり根の炊き込みご飯に、あさりの味噌汁、小鉢はひじきと黒きくらげとチンゲン菜の和え物です。もしも苦手なものがあれば遠慮なく仰《おっしゃ》ってください」

「どれもとても好きな食材よ。本当にありがとうねえ」

「どうぞ、冷めないうちに食べてください。無理のない程度に」

「そうするわ。それじゃあ、いただきますね」

七嶋のおばあちゃんが丁寧に手を合わせる。

ふわりと湯気の立つ味噌汁を口に運ぶと、七嶋のおばあちゃんはぱあっと顔を綻ばせた。

「まあ、まあ。お出汁がきいていてとっても美味しいわ」

「それはよかったです」

「薬膳《やくぜん》カフェのメニューと同じ、優しくて温かな味わいね。炊き込みご飯も、いただきます」

そう言って箸を運ぶ七嶋のおばあちゃんは、いつもの穏やかな表情に戻っている。

安堵した日鞠と孝太朗は、そっと視線を交わした。


食事を終え、三人は温かな緑茶を飲んでいた。

「それにしても、店長さんたちには本当にお世話になっているわねえ。一年前、日鞠ちゃんがこの街に来たときも、店長さん、盗まれてしまった私の荷物を取り返してくれたでしょう?」

「そんなこともありましたね」

「あれからもう一年ですか。早いですね」

なかなか衝撃的なことだったので、日鞠もよく覚えている。

一年前の春。

駅前で孝太朗に見送られた直後、七嶋のおばあちゃんと日鞠の荷物がひったくり被害に遭《あ》ったのだ。

追い詰められた犯人が川に放り投げた荷物は、孝太朗が無事に取り戻してくれた。

「そう考えると、店長さんにはいつもいつもお世話をかけてばかりだわあ」

「確か七嶋のおばあちゃんは、薬膳《やくぜん》カフェが開いて最初のお客さまなんですよね？」

「そうなの。初めて店長さんを見たときは驚いたわあ。こんなに若くて格好いい人が、素敵なカフェを構えているんだもの」

ふふ、といたずらっぽく笑う七嶋のおばあちゃんに、日鞠もつられて笑みをこぼす。

確かに、あのカフェの可愛らしい雰囲気と少しかみ合わない孝太朗の美貌《びぼう》は、初見だと少々面食らってしまうかもしれない。

「あのときは、ちょうど昨日みたいにふらふらと危なっかしく出歩いていてしまっていてね。薬《やく》膳《ぜん》カフェの前を通り過ぎたとき、扉が開いて声をかけられたのよ。顔色が悪いから、どうぞ中で休んでいってくださいってね」

それは日鞠が初めて聞く、孝太朗と七嶋のおばあちゃんの出逢いの話だった。

そうしてカフェへ通された七嶋のおばあちゃんに出されたのは、そっと喉を潤《うるお》す美味しい薬膳茶《やくぜんちゃ》だったのだという。

「それを飲んだとき、ずっと胸の中に溜まっていたものが溶かされていくかのような、不思議な心地がしてね。あのときは本当に、店長さんが魔法を使ったのだと思ったわ」

「そうだったんですね」

「それからよくあのカフェに顔を出しては、元気を分けてもらっているの。こんなに頻繁に顔を見せちゃって、もしかしたらご迷惑かもしれないけれどね」

「迷惑だなんてことは、ひとつもありません」

「そうですよ！　私たちみんな、七嶋のおばあちゃんが来てくれるのを楽しみにしているんですから」

「そうなのね。そう言ってもらえるととても嬉しいわ。何せ私には、もう心配してくれるような家族はいないものだから」

まるで凪いだ湖面のように穏やかな面持ちで、七嶋のおばあちゃんは言葉を紡いだ。

「実は私ねえ、この街を訪れてから一度、記憶を失っているの」

「えっ」

思いがけない言葉に、日鞠の口から驚きの声が漏れる。

慌てて口を閉ざした日鞠に、七嶋のおばあちゃんはふふと微笑を見せた。

「あのときは驚いたわ。持ち物もほとんどない状態で、自分自身の本当の名前も思い出せなくてね。でも幸いなことに、今はもう私生活に何の支障もないのよ。記憶をなくした当初はそれなりに混乱もしたけれど、年月が経った今となっては、そういうこともあったわねえって思えているわ」

記憶を失う。

その言葉に、日鞠の頭にある考えがよぎった。

「七嶋さん」

次の瞬間、孝太朗が口を開いた。

「七嶋さんが記憶をなくしたのは……今から二十二年ほど前の出来事でしょうか」

続いた言葉の重みに、日鞠の心臓がどきんと音を鳴らす。

日鞠がまだ五歳のときだ。

祖母を亡くした日鞠がこの地を離れることになった際、若き日の孝太朗はとある理由から強大な力を使った。それによって、日鞠とあやかしたちは、この地で結んだ交流の記憶を一部なくした過去がある。

それは今からちょうど、二十二年前のことだ。

「二十二年？　いいえ違うわ。もう少し昔の話で、三十年近く前になるかしらねえ。ああ、そうよ、今年の春でちょうど、三十一年が経つわ」

「そうでしたか」

「そ、そうなんですね」

三十一年前の春。

それならば少なくとも、二十二年前の件とは関わりがない。

「記憶をなくしても、こうして何とか一人で暮らせるまでにはなったのよ。幸いこの街の人もとても温かな人ばかりで、よく助けられてるわ」

七嶋のおばあちゃんの話によれば、もともとこの街に住んでいたわけではなかったらしい。それでも、また一から繋がった人々との交流のおかげで、今は大好きなこの街でとても穏やかに暮らせているのだという。

「もちろん、日鞠ちゃんたちとの交流もその中のひとつよ。若い人たちとの交流は、それだけで元気をもらえちゃうんだから」

「七嶋のおばあちゃん……」

まさか七嶋のおばあちゃんにそんな過去があったとは夢にも思わなかった。

穏やかな笑顔で語っているが、当時は状況を呑み込むことも容易ではなかったに違いない。

――経験なんて関係ないわ。その真っ直ぐな気持ちさえあれば、大抵のことはうまくいくものよ。

以前、七嶋のおばあちゃんから送られた言葉を思い出す。

あの言葉に込められた思いが一層強く感じられ、日鞠の胸がじんと熱くなった。

そして、改めて思う。

この人の力になりたい。

「あらあら。素敵な指輪だわあ」

七嶋のおばあちゃんが、笑みを深めた。

日鞠の指輪が目に留まったらしい。

「カフェでお仕事をしているときはつけていないわね。もしかすると、店長さんからの贈り物かしら」

「あ、え、ええっと」

「はい。そうです」

あたふたする日鞠の横で、孝太朗が短く答えた。

「ふふ、いいわねえ。使われている石はパールかしら。台座にある蔦と小花の模様も、日鞠ちゃんによく似合ってるわあ」

「七嶋のおばあちゃん……、ありがとうございます」

照れくささを覚えながら、日鞠は笑顔で礼を言う。

彼女はいつだってこうなのだ。人への好意を惜《お》しみなく伝え、幸せを祈り、笑顔で見守ってくれている。

まるで日鞠の亡き祖母を思わせる、柔らかい木漏れ日のような存在だ。

「話し込んでしまったわね。もうすっかりよくなったから、二人とも心配いらないわ。本当にありがとうねえ」

「わかりました。では、そろそろ我々はお暇《いとま》します」

「何かあったら遠慮なく連絡してくださいね。私たち、飛んできますから！」

「ええ、ええ。本当にありがとうねえ。店長さん、日鞠ちゃん」

両手に拳を握って意気込む日鞠に、七嶋のおばあちゃんは眩しげに目を細めて笑った。

そして翌日。

午前シフトを終えた日鞠たちは、テーブルを囲いまかないランチを食べていた。

「七嶋のおばあちゃん、管ちゃんの報告によると、日鞠ちゃんたちが帰ったあとはいつもどおり元気そうにしていたみたいだよ」

「そうでしたか。わざわざありがとうございます、類さん」

類から受けた報告に、日鞠はほっと胸を撫で下ろす。

昨日昏倒する場面に出くわしてからというもの、日鞠は七嶋のおばあちゃんの様子が気になって仕方がなかった。

そんな日鞠の様子を見かねて、類が管狐の管ちゃんを様子見のために飛ばしてくれたのだ。

「確かに七嶋のおばあちゃん、この時期になると毎年決まってしんどそうにしてるんだよね。でもまさか倒れるほどの体調不良だったとは思わなかったな」

「昨日は少し無理をしただけだと言っていましたけれどね。何かあったら連絡をくださいと、このカフェの電話番号もお伝えしました」

「しばらくは管ちゃんにも巡回してもらうつもりだから、安心してね」

「ありがとうございます、類さん。よろしくお願いね、管ちゃん」

「きゅうっ」

類のそばにふわふわと浮かぶ管ちゃんが、まかせて、と言いたげに可愛い鳴き声を上げる。

相変わらず愛らしい仕草に胸を射貫かれながら、日鞠はふと黙り込んだ孝太朗に視線を向けた。

「孝太朗さん。どうかしましたか」

「昨日、七嶋さんを自宅に運び込んだときに、覚えのあるあやかしの気配が残っていた」

「えっ」

それは寝耳に水の情報だった。

目を見開く日鞠と類を尻目に、孝太朗は食器を手に持って席を立つ。

「今日、事情を聞くためにそのあやかしをこのカフェに呼び出した。これも一応山神の務めなんでな」

「あーなるほど。万一七嶋のおばあちゃんの体調不良に関わっていたら大問題だもんね。だから孝太朗ってば、さっきから難しい顔をしてたんだねえ」

「こ、孝太朗さん。そのあやかしっていうのは……？」

「ほほほ。どうやら、わたくしの話をされておったようですのう」

カフェの扉の方向から聞こえた声に、三人はぱっと視線を合わせる。

そこには、いつもと同じのどかな空気をまとう獏のおじいちゃんの姿があった。

孝太朗の聞き取りにも、獏のおじいちゃんは終始ゆったりとした口調で応じていた。

「ええ。確かにわたくしは七嶋さまのお宅に幾度もお邪魔しておりました。しかしそれは、彼女を害するためではございません。彼女が夜な夜な見ている悪夢を美味しくいただくためでございます」

獏のおじいちゃん曰く、七嶋のおばあちゃんはこの季節になると眠りが浅くなり、悪い夢にうなされることが多いのだという。

それを知る獏はこの季節、七嶋のおばあちゃんの家に訪れるのが日課となっていたのだ。

「七嶋さんの家に通うようになった、具体的な時期は」

「随分前のことですなあ。十年、二十年……いや、もう三十年近くになりますかと」

「三十年……」

小さく復唱した日鞠は、先日耳にした話を思い出す。

七嶋のおばあちゃんが記憶を失ったのは三十一年前。

もしかするとその記憶喪失がきっかけで、七嶋のおばあちゃんは悪夢にうなされるようになったのかもしれない。

そしてその悪夢を、獏のおじいちゃんが食べてくれていたということか。

「なるほどねえ。つまり獏のじいちゃんは、七嶋のおばあちゃんのことを助けてくれていたってわけだね？」

「そう問われると、ちと苦しいですがな」

隣の席に腰を据えた類の問いに、獏のおじいちゃんは眉を下げる。

「わたくしはただ悪夢を喰らってきたのみで、到底お助けしてきたとは言えません。現に、七嶋さまは体調を崩してしまわれているのでしょう。やはりわたくしには、力及ばない物事が多々あるということですな」

「そんなこと。獏のおじいちゃんのおかげで、七嶋のおばあちゃんもすぐに体調を持ち直すことができたんだと思います……！」

「ほほほ。相変わらず日鞠さまはお優しいですなあ」

三人が言葉を交わす間も、孝太朗はじっと貘のおじいちゃんを見つめたままだった。

少なくとも日鞠には、貘のおじいちゃんの言葉に嘘があるとは思えない。それでも、孝太朗には何か引っかかることがあるのだろうか。

「孝太朗さま。これがわたくしの申し開きのすべてにございます。もしも何か疑わしいことがございましたら、この老いぼれに遠慮なく処遇をお申しつけくださいませ」

「俺は元より、あんたが人に害をなしたと疑ったわけではない」

小さく息を吐いた孝太朗は、そう言うと静かに席を立った。

「突然呼び出した詫びだ。一杯馳走する」

「ありがたき幸せにございます。では、いつもの薬膳茶《やくぜんちゃ》をぜひ」

心得た様子で孝太朗は厨房へ向かう。

しばらくすると、茶器や材料を並べる音がホール内に微かに聞こえてきた。

「貘のおじいちゃんは、孝太朗さんの薬膳茶《やくぜんちゃ》が本当に好きなんですね」

「孝太朗さまの淹れてくださる薬膳茶《やくぜんちゃ》には、あの方の優しさが詰まっておりますからな」

貘のおじいちゃんは、微笑を浮かべる。

「わたくしは、先代の山神さまにも随分とお世話になりましてなあ。初めてこの茶屋に顔を見せたのは、ご子息の行く末を案じてのことでありましたが、出された薬膳茶《やくぜんちゃ》を一口飲んだとき、すべてを悟りました。あの方が持つ他者への深い親愛と、慈《いつく》しみの心を」

先代である父の亡きあとに生まれた孝太朗には、直接先代から継いだ技や知識はない。右も左もわからない若者に山神の地位を任せることは、本人にとっても街のあやかしにとっても不幸ではないか。

そんな不満にも似た声は、長らく近隣のあやかし界隈で囁かれていた。

「しかし孝太朗さまは、それらもすべて呑み込み決意されておられたのです。この地に棲まうあやかしたちの心の支えになることを。そのご意志は、少しずつ皆の心にも届いていきました。この茶屋で出される薬膳茶《やくぜんちゃ》が、訪れた者の身体にゆっくりと沁みていくように」

「獏のおじいちゃん……」

「無論、我々もまた孝太朗さまのお役に立ちたいと思っております。とはいえ、老いぼれのわたくしにできることなど、たかが知れておりますがのう」

「そんなことありませんよ。孝太朗さんもきっと、獏のおじいちゃんのその想いに心から感謝していますから」

獏のおじいちゃんの手を、日鞠がそっと取る。

一瞬驚いた顔をした獏のおじいちゃんは、眩しいものを見るように目を細めた。それはついこの間、七嶋のおばあちゃんに向けられたそれに重なる、色褪せない遠い過去の日を見つめるような眼差しだった。

「獏のじいちゃんは、多分何か隠してる」

そう告げたのはカフェ閉店後、ともに店仕舞い作業をしていた類だった。

厨房内の清掃作業をしている孝太朗には届かない、小さな声だ。

日鞠の返答も、自然と囁《ささや》き声になる。

「類さん、何か隠しているって、それはどういう……？」

「獏のじいちゃんは、確かに嘘は言っていない。だから今回は孝太朗の目もすり抜けたけれど、何か隠しごとをしているね。恐らくは、孝太朗には決して知られたくない類いの何かを」

「わ、私、まったく気づきませんでした」

「はは。まあそこは、人を騙《だま》すことが得意なキツネさんだから？」

てへっと笑ってみせる類に対し、日鞠はわたわたと慌ててしまう。

獏のおじいちゃんの秘め事とは一体何だろう。

もしかすると、七嶋のおばあちゃんの体調不良とも関係があることなのだろうか。そうだとしたら、このまま気づかない振りをしていいものなのだろうか。

ちらちらと厨房の様子を確認しながら逡巡《しゅんじゅん》する日鞠の耳元に、類がそっと口を寄せた。

「心配しないで。今夜俺が直接、獏のじいちゃんの棲み処を訪ねてみるよ。孝太朗の前では話してくれないだろうからね」

「獏のおじいちゃん、打ち明けてくれるでしょうか」

「多分だけどね。獏のじいちゃんもきっと、このままでいいのかって悩んでる。何となくわかるんだ。俺も同じだったから」

「類さん……」

静かにつけ加えられた言葉に、日鞠の胸がぎゅっとなった。

類には、幼いとき祖父に命じられるがままに孝太朗を害する罠《わな》を仕掛けた過去がある。

その過去が枷《かせ》となり、孝太朗のそばに居続けることにずっと後ろめたさを感じていたのだ。

そんな経験が、獏の心の迷いを悟るきっかけとなったのだろう。

「そんなわけで、孝太朗にこのことは内緒にしておいてね。万一あとでバレて孝太朗がブチギレるなんてことになったときは、俺のことをやんわり庇《かば》ってくれると嬉しいなーなんて」

「それはもちろん！　それじゃあ、孝太朗さんが眠ったあと……夜十一時くらいでいいですか？」

「……うん？」

何か噛み合わないものを感じた様子の類が、こてんと首を傾げる。

「貘のおじいちゃんのお話を聞きに、私もぜひご一緒します……！」


日鞠の見立てのとおり、孝太朗は十時には床《とこ》についた。

孝太朗はああ見えて寝付きがいい。一度眠ればちょっとやそっとでは起きないことを、一年間寝食をともにした日鞠はよく知っていた。

自宅兼薬膳《やくぜん》カフェ前に車でやってきた類と合流し、二人は緑茂る南の森へと向かう。念のため、恋人の有栖には今回の事情を事前に伝え、類との外出の了承を得た。

豆ちゃんや雨女《あめおんな》の紫陽花《あじさい》らが棲まう場所とは少し外れた道。

木々が迷路のように植わった先に、その棲み処はあった。

「やあやあこんばんは。類さまと日鞠さま」

「夜分遅くにすみません、貘のおじいちゃん。あの、私たち」

「四月の夜はまだまだ冷えましょう。まずは中へお入りください」

驚く様子も見せずに、貘のおじいちゃんは日鞠たちを招き入れる。その様子はまるで、二人の来訪を予期していたかのようだった。

獏のおじいちゃんの棲み処は、辺りの木々に溶け込むように建てられた木造の家だ。

通された部屋には丸テーブルとソファーが置かれ、窓際にはロッキングチェアが微かに揺れている。

棚にはカップや皿などの生活雑貨が並び、天井からは橙色の電球が吊り下がっていた。

促されたソファー席に腰を下ろすと、獏のおじいちゃんは奥から飲み物を持ってくる。

ほかほかと湯気が揺蕩《たゆた》うホットココアだ。

「孝太朗さまの薬膳茶《やくぜんちゃ》には到底及びませんがな。身体を冷まさないよう、どうぞ召し上がれ」

「ありがとう、獏のおじいちゃん」

「今夜は珍しく、夢喰いに出かけていなかったんだねえ」

「あなたがたが来てくれるような気がしておりましたからのう」

次の瞬間、日鞠と類ははっと息を呑む。

気づけば獏のおじいちゃんは、二人に向けて深々と頭を下げていた。

「ば、獏のおじいちゃん？」

「本当に情けない話ですのう。かつてわたくしは、このことを生涯胸に秘めておこうと心に決めたのです。だのに今になってその決意が無様に揺らいでおります。果たしてこのままでよいのか。これが真実、恩ある御方への義に繋がるのだろうかと」

「あのっ、ひとまず、頭を上げてくださいっ」

慌てて肩に手を添えた日鞠に、獏のおじいちゃんはゆっくりと頭を上げた。

そのやりとりを見つめていた類が、細く長い息を吐く。

「だから昼間のカフェで、俺に疑念を持つよう仕向けたんだね。誰かにその秘密を伝える機会を願って」

「ほ、ほ、ほ。さすがに誰彼構わずなんてことはございません。類さま、それから日鞠さま。あなたがた二人にならば、長年秘め続けたこの真実を打ち明けることができると思えたのです」

「……俺も？」

獏のおじいちゃんの言葉がよほど意外だったらしい。

目を丸くした類に、獏のおじいちゃんは笑みを深くして頷いた。

「類さまは、孝太朗さまのおそばに長らくいらっしゃった。そのお姿からは何やら一筋縄ではいかぬ事情も察せられましたが、お二人の間にはいつだって信頼の繋がりが見て取れました。いくら耄碌《もうろく》した爺《じじい》でも、見えないものを見る目は衰《おとろ》えておりませんぞ」

孝太朗と類の絆《きずな》を見守ってくれていた人がいた。そのことが嬉しくて、日鞠の胸にじんと優しい熱が生まれる。

「貘のおじいちゃん……」

「そんなあなたがたお二人が、もしも今夜この家を訪ねていらしたらすべてお伝えしよう。そんな勝手な考えを持ってお待ちしておりました。本来ならば他人様《ひとさま》の夢に触れる業を持つわたくしが背負うべき事柄。それを無関係なお二人に背負わせることは、あってはならないのでしょうが」

「無関係だなんて、そんな悲しいことを言わないでください」

うなだれるように視線を落とす貘のおじいちゃんの手を、日鞠がきゅっと握る。

「私、ちゃんとわかっています。貘のおじいちゃんはただただ、誰かを守ろうとしてくれていただけなんですよね？　その人が、いたずらに傷つくことのないように」

「日鞠さま」

「その守りたかった相手は……孝太朗さん、なんですよね……？」

孝太朗を心から慕いながらも、孝太朗にだけは隠し通してきた秘め事。

それが一体どんなものなのかは、今の日鞠には到底想像もつかない。

それでも。

「三十年以上の間、孝太朗さんのことを大切に想ってくださって、本当にありがとうございます」

日鞠はそう告げると、柔らかな笑顔を浮かべた。

「だからこれからは、どうか私にも背負わせてください。私も類さんも、これからもずっとずっと孝太朗さんのそばにいたいと、心から願っていますから」

「わあ。今の台詞《せりふ》、孝太朗本人に直接聞かせてあげたかったなあ」

くすくすと笑った類が、獏のおじいちゃんを真っ直ぐに見据える。

「獏のじいちゃん。俺も、ただの野次馬気分でここまで来たわけじゃないよ。それに孝太朗も内心、じいちゃんが何か抱え込んでいるんじゃないかって気にかけてる。口には出さない、厄介な性分の幼馴染みだけどね」

「孝太朗さまが……」

獏のおじいちゃんの優しい瞳に、きらりと美しい光が揺れる。

繋がれたままの日鞠の手を見つめ、獏のおじいちゃんはそっと口を開いた。

「日鞠さまのその指輪は、孝太朗さまからの贈り物ですな」

「え？」

思いがけない言葉に、日鞠は目を瞬かせる。

確かに日鞠の指には、クリスマスイブに孝太朗から贈られたパールの指輪が嵌められていた。

「その指輪をつけてここに来られたこともまた、運命《さだめ》ということでしょうな」

「獏のおじいちゃん？」

「長話が過ぎましたのう。お二人とも、テーブルの中央に意識を」

その言葉に、二人は自然とテーブルの中央に視線を注ぐ。

そこへ獏のおじいちゃんが両手をかざすと、水晶玉を思わせる球体がぷかりと姿を見せた。

透き通るような玉の中では、彩り豊かな光の粒が留まることなく流れ続けている。

「すごい……綺麗な水晶玉」

「夢水晶《ゆめずいしょう》だね。獏は人の夢の一部を、この水晶の中に封印して保存することができるんだ。でも妖力を極端に消耗するが故に、ほとんどの獏は手を出さない秘術のはず」

「えっ」

「お二人とも。どうぞ、水晶に意識を」

類から耳打ちされたことで逸れた意識を、慌てて水晶へ向け直す。

獏のおじいちゃんは自身の妖力を大きく削《けず》ってもなお、この夢水晶を作ることを選んだということか。

そうまでして封印された夢というのは、一体どんな夢なのか。

『……さん』

「……え？」

そのとき、耳に届いたのは、柔らかな女性の声だった。

聞き覚えがあるようでないような、不思議な感覚が日鞠を包み込んでいく。

『……あさん。おかあさん』

「今、何か……」

「日鞠ちゃん？」

「っ、いかん！　日鞠さま、その水晶に触れては……！」

気づけば日鞠の右手は、無意識に夢水晶へと伸ばされていた。

次の瞬間、手のひらに夢水晶の表面がひやりと触れる。

懸命に日鞠を呼ぶ声は徐々に遠くなり、やがて、日鞠の視界は深く濃い靄《もや》に覆い尽くされていった。

辺り一面、白で埋め尽くされた世界。

吹きつける強い風に堪える術もないまま、日鞠の身体が軽々と煽《あお》られ、宙に舞い上がる。

激しい気流の中でなんとか呼吸を確保しながら、日鞠は今の状況を必死に理解しようとしていた。

「ここは、一体……⁉」

先ほどまで、確かに貘のおじいちゃんの家にいたはずだ。

そこで夢水晶から声が聞こえて、無意識に、右手を伸ばしていた。

最後に見たのは一瞬きらりと瞬いた、右手中指のパールの指輪だった。

――俺とともに歩んでほしい。

「……え？」

流れていく風の隙間から、確かに届いた声だった。

心臓がどきんと大きく鳴り、咄嗟に辺りを確認する。

気のせいだろうか。

今聞こえた声は、まるで孝太朗のそれのように思えたのだ。

――子ども？　俺たちの？　そ、それは、本当か⁉

――身体に負担をかけてはいけない。君はそうやってすぐに無茶をする。

――大丈夫だ。少し気難しい相手だが問題はない。明け方には戻るさ。

「……孝太朗さんの声、じゃ、ない……？」

日鞠のもとへ次々に届けられる言の葉たち。

しかしよくよく耳を傾ければ、孝太朗とは違う人物のものだとすぐにわかった。

それでも、声の低さと凛とした響きは孝太朗ととてもよく似ている。

――カホさま！　カホさま！　大変でございます‼

――山神さまが……山神さまが……‼

最後に聞こえたのは、混乱と絶望が合わさった、まったく別人の叫び声。

同時に、辺りの白い風の向きが大きく変わる。

日鞠の身体はぐらりと傾き、やがて地面に向かって急降下しはじめた。

徐々に速度を増していく感覚に、日鞠は右手の指輪をぎゅっと握りしめる。

「孝太朗さん……！」


いつの間にか詰めていた息を、堪えきれずにはあっと大きく吐き出す。

瞬間、聞こえてきたのは、心地いい電車の音だった。

そろりとまぶたを開いた日鞠は、広がる光景に目を剥いた。

頭上に広がる淡く美しい青空に、電車が走る線路沿いの街並み。そして、辺りを忙しなく行き交う人たちの姿。

いつの間にか日鞠がしゃがみ込んでいたその場所は、まるで初めて訪れたようにも、幾度も訪れてきたようにも思えた。

「ここは……北広島駅前？」

疑問符を付けてしまう理由は、辺りの様子が見知ったそれとまったく違うためだ。

駅前に建ち並んでいるはずのビルも、いつも世話になっているスーパーも、果ては北広島駅舎に至るまで、日鞠の知るものとは大きく異なっている。

混乱していた日鞠だったが、幸運にもあるものが目に留まった。

駅舎のすぐ近くに交番があったのだ。

ああ、助かった。これで、ひとまずここがどこなのかを確認することができる。

思わず安堵の息を漏らし、日鞠は交番へ駆け寄った。

「あの、すみま……」

「御免ください。少々お伺いしたいことがあるのですが」

交番に顔を覗かせ口にした日鞠の言葉は、別人の声と重なった。

至近距離から聞こえた言葉に、日鞠は咄嗟に身を引く。しかし相手の人物は、まるで何事もなかった様子だ。

目元が柔らかい、穏やかな面差しの女性だった。

「はいはい。ご婦人、どうかされましたか」

「実はわたくし、この街に降り立つのは初めてでして。こちらのハガキの住所へはどう行けばよろしいでしょうか」

「そうでしたか。ちょっとばかり、ハガキを拝見しますよ」

警察官の一人がハガキの住所を確認すると、小さなメモ帳にさらさらと慣れた様子で道順を記していく。

そのうち出てきたもう一人の年輩の警察官が、女性と会話を交わしはじめた。

「へえ。娘さん、じきに出産されるの」

「そうなんです。数年前に進路の話で仲違いをして以来音信不通でねえ。突然こんな報せを寄越すものだから、最低限の荷物だけで電車に飛び乗ってしまったわ」

「はっはっは、そりゃあいい報せじゃないの。娘さんもきっと喜んでくれるさ」

恰幅《かっぷく》のいい警察官の言葉に、女性は嬉しそうにはにかむ。

そんな二人の傍らで日鞠は口を噤みながら、女性が大切そうに手にしたハガキを見つめていた。そこに記された文面にこみ上げる感情が抑えきれず、嗚咽《おえつ》が漏れそうになる。

同時に、確信したことがあった。

それは、自分の姿や声が、どうやら彼らに認識されていないらしいということだ。

獏のおじいちゃんの夢水晶に触れた瞬間、辺りにちりばめられるように届けられた様々な人の声。馴染みの街のようで違う街の風景。

そして何より、交番内に置かれた日にち案内に記された——三十一年前の西暦。

だからといってタイムスリップしたわけではない。きっと、ここは。

夢水晶に長年保管されてきた、夢の中だ。

「お世話をお掛けしました」

「いえいえ。臨月の娘さんにくれぐれもよろしくねえ。お母さんが来たと知れば、娘さんもきっと心強いよ」

「ふふ。そうだといいのだけれど」

警察官と女性の朗らかなやりとりに、日鞠ははっと我に返る。

女性が乗り込もうとするバスに、日鞠も無心で飛び乗った。

女性を追わなければならない。間違いない。この女性は。

三十一年前の、若かりし頃の七嶋のおばあちゃんだ。

辿り着いた先のアパートの一室は、すでに片付けられたあとだった。

隣人の話を聞くに、部屋には女性が一人で暮らしていたのだという。

身重だった彼女は先週外出先で倒れ、そのまま出産することとなった。

子どもは無事に生まれたが、母親は助からなかった。

「……、ふう……」

真夜中の公園のベンチで、七嶋のおばあちゃんは一人座り込んでいる。

少し距離を取って見守る日鞠は、胸が張り裂けそうだった。

先ほどまで希望に満ちあふれていたはずの彼女の瞳が、今は深い絶望に塗り潰されている。

「夏帆」

ぽつりとこぼれた言葉とともに、七嶋のおばあちゃんは胸ポケットから一枚の写真を取り出す。

裏面に「夏帆十歳」と記された、古い母娘写真だ。

「夏帆……夏帆……、どうして、こんなことに……」

震える指先で、何度も何度も写真に写る女の子を撫でる。

「ごめんねえ。一人で逝《い》かせてしまって……ごめ、ごめんな、さ……」

「っ、七嶋のおばあちゃん」

「ごめんなさいねえ、夏帆……！」

声をかけたかった。

その肩を支えて、ほんの僅かでも悲しみを分かち合いたかった。

だけど、今の自分に一体何ができるだろう。

たとえ七嶋のおばあちゃんが日鞠の姿や声を見聞きできたとして、目の前の絶望から掬《すく》いあげる言葉なんて思いつくはずもなかった。

長年音信不通になっていた母と娘。

それでも、出産を機にようやく過去のわだかまりを乗り越えて、再び母娘の縁《えにし》を結び直せるはずだったのに。

それがまさか、こんな悲しい報せが待ち受けていただなんて。

「夏帆十歳」。

その言葉が記された写真の端が、夜風にぱたぱたと悲しく揺れる。

そのとき、日鞠の中のとある記憶の欠片が、静かに目の前の光景と重なるのを感じた。

——ここにあるのは母の形見の品だ。

——書き残した手紙や筆記用具に小物類くらいだが、この箱に仕舞っている。

「……！」

ああ、そうか。そうだったのか。

夏帆。七嶋のおばあちゃんの娘の名前。

その名は、日鞠の愛する人の――

「あっ」

そのときだった。びゅっと一際強い風が、辺りを一気に吹き抜ける。

白い何かが暗い夜空を横切り、遙か彼方《はるかかなた》へと飛んでいった。

「ま、待って！」

飛ばされた写真を追って、七嶋のおばあちゃんが駆け出す。

夜風に飛ばされた写真は徐々に降下し、やがて脇道にぽとりと落ちた。

息を切らしながら走ってきた七嶋のおばあちゃんが、ほっと息を吐く。

しかし次の瞬間、道端の段差に足を取られ、その身体がぐらりと傾いた。

「七嶋のおばあちゃん‼」

夜空をつんざくような日鞠の叫びが響く。

受け止めようとしたところで一瞬遅く、七嶋のおばあちゃんは冷たいコンクリートの地面に倒れ込んだ。

まぶたを閉ざしたまま動かないその人に、日鞠は無我夢中で声をかける。

「七嶋のおばあちゃん！　おばあちゃん！　しっかりしてください！」

見れば七嶋のおばあちゃんのこめかみから、小さな出血がある。もしかすると、道脇のブロックに当たったのかもしれない。

「誰か！　誰かいませんか⁉　早く救急車を！」

「なんだなんだ？」

「今、向こうから救急車って聞こえなかったか？」

必死に叫ぶ日鞠の耳に、遠くから複数人の声が届く。

よかった。誰かが通りかかってくれた。安堵するのと同時に、小さな疑問が頭を掠める。

今の自分の声は、誰かに届いたのだろうか。

先ほどまでは日鞠の声も、この夢の世界には干渉できなかったはずなのに？

「あの、今、救急車って聞こえたんですが」

「はい！　ここです！　女性が、頭を打って倒れて、……──！」


「日鞠」

次の瞬間、発しかけた声もまとめて押し込むように、大きな手のひらが日鞠の口を覆った。

いつの間にかこぼれ落ちていた日鞠の涙が、その手のひらを濡らしていく。

覚えのある温かな感触に、日鞠はそっと視線を上げた。

「大丈夫だ。落ち着け、日鞠」

「こ……孝太朗、さん……？」

日鞠を後ろから抱きしめていたのは、孝太朗だった。

その姿は、薬膳《やくぜん》カフェをともに営んできた人間姿の孝太朗ではない。

腰まで伸びた黒い長髪に、頭上に現れた二つの狼の耳。背後に揺れる黒い尻尾。金色に輝く刺繍が施された着流しを、ゆるりと肩にかけた和装姿。

何より、眩しいほど美しく、凛とした瞳。

それは以前に一度だけ目にしたことのある、山神姿の孝太朗だった。

「お前の共感力も相変わらずだな」

「え……え？」

「これ以上夢に心を沈めるな。今度はお前自身が、夢の世界に呑み込まれる」

気づけば日鞠と孝太朗は、ともに細かな光の粒に包み込まれていた。

横たわった七嶋のおばあちゃんの存在に気づいたのか、通りの向こうから血相を変えたサラリーマンたちが駆けてくる。

「三十一年前の春、か」

山神姿の孝太朗が口を開く。

いた。

「俺が生まれたときの……あの人が記憶をなくしたときの夢だな」

「孝太朗さん……」

「戻るぞ。俺たちの世界へ」

その言葉と共に、すうっと意識が浮かび上がっていく。

今まで水の中でずっと詰めていた息を、一気に吐き出したような心地がした。

気づけば日鞠は自室のベッドで横になっており、固く大きな手が日鞠のそれを包み込んでいた。

七嶋のおばあちゃんの夢水晶に触れた日鞠は、獏のおじいちゃんが術を停止するよりも一瞬速く夢の中に引きずり込まれてしまったらしい。

日鞠が目を覚ますまでの間に、すっかり夜が明けていた。

「此度の一連の騒動、すべてはわたくし獏にその責があります。孝太朗さま」

急遽臨時休業となった薬膳《やくぜん》カフェの席中央で、獏のおじいちゃんが深々と頭を下げた。

その隣には、はらはらと様子を見守る日鞠と、困ったように笑みを浮かべる類。

向かい席には、口を閉ざしたままじっと相手を見つめる孝太朗が鎮座していた。

「今回、わたくしの不注意で危うく日鞠さまを夢の世界に閉じ込めてしまうところでございました。あなたさまが山神の力を発揮されなければどうなっていたかわかりません。今回こそ、なんなりと処遇を申しつけください」

「孝太朗さん！　今回夢水晶の中に入ってしまったのは、私が不用意に手を伸ばしたからです。獏のおじいちゃんが、意図的に夢の中へ導いたわけではないんです……！」

「それは俺も証人になるよ。獏のじいちゃんは、夢水晶ごしに夢の様子を見せようとしてくれていたんだ。獏のじいちゃんが長年封印していた、七嶋のおばあちゃんの夢の中身を」

三十年ほど前、偶然七嶋のおばあちゃんの悪夢を食した獏のおじいちゃんは、その内容に秘められた重大な真実に気づいたのだという。

それから獏のおじいちゃんは長きにわたり、少しずつその夢の欠片を拾い上げては丁寧に繋ぎ合わせ、夢水晶の中に保管し続けていたのだ。

「最初から、俺に真実を話せばよかっただろう」

「敬愛する先代さまのご子息に、どうしてこのような酷な真実を語れましょうか。わたくしの口からはとても……とても言い出せません」

獏の返答に、孝太朗もそれ以上の追求はしなかった。

日鞠が飛び込むこととなった、七嶋のおばあちゃんの夢の世界。

そこで詳《つまび》らかになったのは、孝太朗が生まれたときに起こったある出来事だった。

孝太朗の母親は、伴侶となる人を亡くした悲しみを抱えたまま、お腹の中の子を育てていこうと決めた。

しかしその母親もまた、お産の中で命を落とした。

さらには孝太朗の祖母までも——娘を失ったショックから、一切の過去の記憶を失ってしまった。

「彼女が自身の記憶を失ってしまったのは、強い自責の念からでしょう。家元を離れた娘を、再会する間もなく逝かせることになった自分が、どうしても許せなかったのでしょうな」

「七嶋のおばあちゃんの記憶は、これからどうなるんでしょうか」

「孝太朗さまと日鞠さまが戻った拍子《ひょうし》に、夢水晶はまるで溶けるように消えました。その中身がどこへいったのかはわたくしにもわかりませぬ。それが本来の持ち主のもとに向かったのならばあるいは、失った記憶も……といったところでありましょう」

「そう、ですか」

夢の世界で目にしてきた光景を想う。

七嶋のおばあちゃんが娘からハガキを受け取り、着の身着のまま駆けつけた親心と、孝太朗がこの世に生み出された奇跡。

深い悲しみが刻まれていた記憶だったことには違いないが、決してそれだけではなかった。

「しかしまあ、孝太朗が駆けつけたあとの判断が速すぎたよねえ。日鞠ちゃんが夢の中にいると知るや否や、躊躇《ちゅうちょ》なく山神の姿になって飛び込んでいっちゃうんだもん」

「あのまま夢の中にこいつが浸り続けていたら、夢から引き上げる手立てがなくなっていたからな。山神の力でも何でも使う」

「そうだったんですね。孝太朗さん、面倒をかけてしまって本当にすみませんでした」

孝太朗のために密かにことを進めるつもりが、結局孝太朗の手により事態を収められることとなってしまった。

しゅんとうなだれる日鞠の頭に、温かな手のひらの感触が乗せられる。

「ありがとうな、日鞠」

「え？」

「類も、獏もだ。今回のこと、心から感謝する」

「孝太朗」

「孝太朗、さま？」

静かな、しかしはっきりとした言葉に、類はもちろん、獏のおじいちゃんも言葉を失う。

「すべて、俺を想ってやってくれたことだろう」

孝太朗がすっと目を伏せたあと、続けて言う。

「特に獏。あんたには俺がガキの頃から世話になってきた。父との縁の深さから、常々俺のことについて気を回していたことは知っていたが……俺のあずかり知らないところで、こんなに大きな世話をかけていたんだな」

「そんな、世話などと。此度のことは、わたくしが勝手にしたことで……！」

「あんたたちは俺を街のあやかしの支えと言うが、俺のほうが、よほど街のあやかしたちに支えられている」

孝太朗の口から紡がれる言葉に、日鞠はきゅっと唇を引き締めた。

「先代である父が急逝して、街のあやかしたちはさぞ心細かったことだろう。にもかかわらず、幼い無力な俺に対して周囲のあやかしは皆優しかった。山神になることもならないことも強制せず、ただ俺の歩みを見守ってくれた。とはいえ、内情は決して穏やかではなかっただろう。俺の目の届かないところでの諍《いさか》いや意見の衝突があっただろうことも、今となっては容易に想像がつく。それらから可能な限り、俺を守らんとしてくれた者がいたことも」

「……」

「獏。直接真実を俺に伝えられなかったことを恥じているようだが、それでもあんたは俺のことを信じてくれていた。だからこそ、あの人の夢を喰らうことなく、長年夢水晶で守っていたんだろう。いつの日か、成長した俺に真実を伝えられる日が来ることを願って」

「孝太朗、さま」

「ありがとう、獏。これからも息災でな」

次の瞬間、獏のおじいちゃんの瞳からほろほろと涙がこぼれ落ちた。

獏のおじいちゃんの背にそっと手を添えながら、日鞠もまた、目頭の奥に宿る温かなものを感じていた。


「日鞠ちゃん、本当に体調は大丈夫なの？　無理してない？」

翌日。

いつもどおりカフェの開店準備を進める日鞠に、類が幾度となく声をかけていた。

「本当に平気ですよ。類さんにもご心配おかけしました」

「そんなことない……と言いたいところだけど、やっぱり心配はさせてもらったよ。夢の中に入り込むだなんてなかなかのリスクが伴うからねえ。特に日鞠ちゃんのような人には」

「私のような、ですか？」

「うーん。人が困っているところを見ると声を上げずにはいられない人、ってことかな？」

鋭い類の指摘に、日鞠は苦笑を返すほかない。

それでもこうして自分のことを理解してくれる友人がいることに、胸が温かくなる。

ロールカーテンを上げたカフェ店内を、ぐるりと見渡す。季節の移ろいにあわせて、店内を彩る植物も春色に染まりつつあった。

そんな空間に並ぶ、優しい色合いの木製のテーブルやハイチェア。訪れる人を迎え入れる深緑色のソファーは、憩いの場に根付いた木々のような安心感を与えてくれる。

素敵な空間だなあと、改めて思う。

本当に大好きな、かけがえのない空間だ。

「……はよう」

「孝太朗さん、おはようございます」

「おはよう孝太朗。いやはや、昨日は色々と大変でしたねえ」

「お前は朝からきんきんうるせえな」

「邪険にしないでよー。昨日はあんなに素直にありがとうって言ってくれてたのにさ？」

「忘れた」

「嘘っ、早！」

半分眠気を引きずった孝太朗に、類は嬉々《きき》として話しかける。

相変わらずな二人のやりとりを微笑ましく思いながら、日鞠は花壇の水やりに表に出た。

空を見上げると、淡い水色がどこまでも遠くまで広がっていた。

春の到来を思わせる、優しい色。希望の光をいっぱいにはらんだ色だ。

口元に笑みを浮かべた日鞠は、水やりと掃き掃除もそこそこに店内に戻ろうとする。

しかし、道の向こうから見えてきた人物の姿に、扉にかけていた手がぴたりと止まった。


「開店直後に押しかけてしまって、ごめんなさいねえ」

窓際のカウンター席で眉を下げる人物に、日鞠は首を横に振った。

柔和なその表情は、出逢ったときとまるで変わらない。

「むしろ嬉しいですよ。メニュー表はご入用ですか」

「ええ。今日はいつもと違ってね、こちらの薬膳茶《やくぜんちゃ》をいただけるかしら」

「かしこまりました」

メニュー表に記されたドリンクのひとつを指さした客人に笑顔で頭を下げ、厨房にオーダーを伝えに行く。

いつもと変わらない馴染みのやりとり。

それでも、その節々に日鞠は密かな緊張感を滲ませていた。

七嶋のおばあちゃんが見ていた夢の世界に入って、丸一日が経つ。

あれから七嶋のおばあちゃんと顔を合わせるのは初めてのことだった。日鞠も、もちろん孝太朗もだ。

そっと隣に立つ類を見る。日鞠の意図を察したように、類は微笑を浮かべ小さく頷いた。

薬膳茶《やくぜんちゃ》が用意される頃合いを見計らって、日鞠は厨房に滑り込む。

「あがったぞ」

「孝太朗さん」

「……」

「孝太朗さんが、届けてあげてください」

ホールには届かない声量で、日鞠は孝太朗に伝えた。

◇　◇　◇

薬膳茶《やくぜんちゃ》を乗せたトレーを手に、厨房を出ていく。

大窓から外の風景を眺めていた七嶋のおばあちゃんが、「あら」と嬉しそうに微笑んだ。

「今日は店長さんが運んでくれたのね。どうもありがとう」

「いえ。ごゆっくりどうぞ」

一言添えて、孝太朗は再び厨房に戻ろうとする。

そんな孝太朗を、七嶋のおばあちゃんの注ぐ眼差しが静かに引き留めた。

二人の間に沈黙が落ちる。

日鞠と類は、いつの間にか厨房奥に身を引いていた。

いつもこの季節にだけ、七嶋のおばあちゃんが注文する薬膳茶《やくぜんちゃ》。

それは、七嶋のおばあちゃんと初めて出逢ったときに提供したものだった。

薄く茶色がかったカモミールティーの中には、柚子のマーマレードがゆらゆらと躍っている。

丸いナツメの実がぷかりと顔を見せ、カップ底には輪切りにされたグレープフルーツが心地よさそうに揺れていた。

穏やかなカモミールの香りと柑橘系のすっきり爽やかな香りが、強張った心をそっと解いていく。

目元にくまを浮かべ、最近眠りが浅いのだと困ったように告げていたその人に出した、開店後初の薬膳茶《やくぜんちゃ》だ。

「店長さんの淹れる薬膳茶《やくぜんちゃ》は、いつもいつも美味しいわあ」

「ありがとうございます」

「店長さんとね」

大窓に広がる風景を見つめながら、七嶋のおばあちゃんが口を開いた。

「初めて出逢ったときのことを、最近はよく思い出すの。私がふらふら覚束なく歩いているところを店長さんが助けてくれた、あのときのことを」

「大層なことはしていません」

「そんなことないわ。あのときは本当に助けられたのだから」

七嶋のおばあちゃんが孝太朗を見上げ、ふわりと微笑む。

そんな優しい笑顔が、見たことのないはずの母親の面影と重なった。

孝太朗は今まで、血の繋がった者の存在を感じることなく生きてきた。

それでも、血の繋がりはなくとも多くの縁《えにし》に支えられてきた。

二十一年越しに再会した日鞠は、孝太朗の隣にいてくれることを選んだ。

腐れ縁の類も、あえて家族との衝突を選び、今もこのカフェで勤務を続けている。

街に棲まうあやかしたちも、まだまだ未熟な山神である自分を慕い見守っている。

唐突に知ることとなった血縁の存在だったが、このままの関係で構わないと孝太朗は思っていた。

ただ穏やかに、健やかに、一日でも長く幸せに生きてくれていれば。

「昨日の夜にね、とても素敵な夢を見たのよねえ」

気づけば七嶋のおばあちゃんは、再び大窓の外を眺めていた。

「どんな夢だったのかは覚えていないのだけれど、本当に素敵な夢だったわ。この季節に見るのはいつも辛いものばかりだったから、余計に嬉しくて」

「……」

「そしたら、なぜだかじっとしていられなくなってね。気づいたらこのカフェまで来ていたのよ」

孝太朗が、はっと息を呑む。

そんな様子に首を傾げた七嶋のおばあちゃんだったが、自身もまた、その頬に伝うものの存在に気づいたようだった。

美しい光で彩られた瞳から、彼女は涙を流していた。

「あら、あら。どうしちゃったのかしら。ごめんなさいねえ、驚かせちゃったわね」

「こちらを」

孝太朗が、腰ポケットのハンカチを手渡す。

「ふふ、ありがとうねえ」

七嶋のおばあちゃんは目尻を下げながら、ハンカチを目元に押し当てた。

「あなたの大切な人に……あの指輪を繋いでくれたのねえ」

瞳を涙で濡らしたその人から、満面の笑みで紡がれた言葉だった。

瞬間、孝太朗の胸に小さな光がそっと灯される。

「もうすっかり立派になったのねえ。こんなに大きくなって、格好いい一人前の男性になって……あの子もきっと、空の上で喜んでる」

「……」

「いつも本当にありがとうねえ。孝太朗くん」

嗚咽が落ち着いた頃には、会話の内容はすっかりいつもの七嶋のおばあちゃんのものに戻っていた。

呼び名も、「孝太朗くん」から「店長さん」に戻っている。

それでいい、と孝太朗は思う。

胸にじわりと広がった光は徐々に大きくなり、孝太朗の中で大輪の花を咲かせたようだった。

◇　◇　◇

「孝太朗さん、起きていますか」

「ああ、どうした」

襖越しに声をかけた日鞠に、孝太朗が低い声で答える。

襖を開くと、そこには数ヶ月前と同じ光景が広がっていた。

「孝太朗さん……これは」

「母の形見の箱だな。つい最近も整理したばかりだが……開きたくなった」

目を伏せながら語る孝太朗のそばに、日鞠もそっと座る。

座卓の上には、開かれた箱と中に収められていた小物たちが広げられていた。

すべて、孝太朗の母親の遺したものだ。

「夢水晶の中の出来事は、俺もおおよそ把握できた」

形見の品を手に取りながら、孝太朗は語る。

「そんな機会を得られたのも、お前と類が獏のもとを訪ねてくれたおかげだ。感謝している」

「最初に獏のおじいちゃんの秘めた想いに気づいたのは、類さんなんですよ。私はただ、類さんに付いていっただけです」

「あいつは他人様《ひとさま》の機微に聡《さと》いからな」

ふっと息を吐き、孝太朗は形見のひとつを手に取る。

以前日鞠も目にした、書きかけのまま仕舞われたハガキだった。

「てっきり母は、最後までハガキを投函《とうかん》できなかったのかと思っていた。でも、出せていたんだな」

「はい……」

「このハガキは……あの人に宛てたものだったんだな」

孝太朗の中に様々な想いが去来していることが、その横顔を見るだけでも伝わってくる。

何と言葉をかけたらいいのかわからずにいると、小さく詰めていた息を孝太朗がそっと吐き出した。

「母が俺を妊娠したことを知らなければ、あの人は過去の記憶をなくすこともなかった。そもそも俺を妊娠しなければ、少なくとも母は……今も無事に生きていただろうな」

その言葉に、思わず身体がびくりと揺れる。

日鞠が浮かべた沈痛な表情に、孝太朗は小さく苦笑した。

「大丈夫だ。本気でそんなことを思ってるわけじゃねえ。ただ……そんな考えがまったくよぎらないかといえば嘘になるってだけだ」

「孝太朗さん……」

「らしくねえな。今のは忘れて——……」

取りなそうとする孝太朗を、日鞠は目一杯に抱きしめた。

頭を包み込むようにしているため、その表情は日鞠からは見えない。

「日鞠。言っておくが、お前が気に病むことは何も」

「――……『お母さん、お元気ですか。私のこと、覚えてくれていますか？』」

日鞠の腕の中で、はっと息を呑む音がした。

目頭が熱くなるのを覚えながら、日鞠はまぶたに焼きついた文面をそらんじる。

それは七嶋のおばあちゃんの夢の中で目にした、孝太朗の母親から祖母へ宛てられたハガキの文面だった。

家を飛び出すように出た日からもう数年。何度も連絡を取りたいと思いながらも、素直になる機会を見失っていました。

それなのに、本当に都合がいいと思われるかもしれないけれど、お母さんに連絡したいと思えることがあったのです。

私、もうすぐ母親になります。

籍《せき》は入れていませんが、私には生涯をともに生きようと誓った男性がいました。この子の妊娠のことも、その人も周りのみんなも、心から喜んでくれました。

そして一ヶ月ほど前に、父親になるのを楽しみにしていたその人は、命を落としました。それでも、悲しみに暮れてばかりはいられません。だって私はこの子の母親になるのだから。あの人の分まで、この子に目一杯愛情を注ぐと決めたのだから。

こんなときばかりこんなハガキを寄越してごめんなさい。でも、お母さん、お願い。私、きっとこの子を立派に育ててみせるから。

会いたい。お母さん。

夏帆

「……」

胸の中に閉じ込めた孝太朗に、日鞠はそっと囁く。

「私は、孝太朗さんが生まれてきたことに感謝します。孝太朗さんのお父さんにも、お母さんにも……七嶋のおばあちゃんにも」

「……日鞠」

掠れるような声のあと、孝太朗の腕もまた、日鞠の背中に回される。

隙間なく寄り添う身体から微かに届く、小さな震え。それさえも包み込むように、日鞠はさらに強く孝太朗を抱きしめた。

「……悪い。情けねえ姿を見せた」

「情けなくなんてありませんよ。それに、私も嬉しいです。私の大切な人のご両親のこと、また少し知ることができましたから」

抱きしめ合う腕を解き、そっと視線を絡める。

泣き痕の残る目元で見つめ合い、互いに笑みを交わした。

「私が孝太朗さんからいただいたこの指輪は……もともと七嶋のおばあちゃんから、孝太朗さんのお母さんに贈られたものじゃないかと思うんです」

「ああ。そうかもしれねえな」

今振り返れば、少し疑問に思っていたこともあった。

七嶋のおばあちゃんの自宅で初めてこの指輪を見せたとき、七嶋のおばあちゃんは指輪の裏側の模様までごく自然に言い当てていた。

もしかするとあのとき、無意識に過去を思い出していたのかもしれない。

「だとしたら、この指輪は七嶋のおばあちゃんにお返ししたほうがいいのかもしれません。そのほうが、七嶋のおばあちゃんの記憶が完全に戻る助けになるかもしれませんから」

「いや」

話しながら指に嵌めた指輪を外そうとする日鞠の手を、孝太朗が素早く制した。

「お前が持っていて問題ない。あの人も、その指輪がお前に繋がれたことを喜んでくれていた」

「そうでしょうか」

「ああ。だから、ひとまず今はこれを嵌めておけ」

ひとまず今は。

その言葉にほんの小さな違和感を覚えるも、気づけば指輪は再び日鞠の指へ戻された。

乳白色のパールが柔らかな光を帯びる。

気のせいだろうか。

今、優しい女性の声色で、ありがとうと告げられた気がした。

「それはそうと、孝太朗さんって春生まれだったんですね。初めて知りました」

「この歳になって触れ回ることでもねえだろ」

「孝太朗さんらしいですね。誕生日はいつなんですか？」

「今日がちょうどその日だな」

「……」

なんですと？

「……今日？」

「ああ」

「え、あれ、でも。今日が孝太朗さんの誕生日なら今頃、街中のあやかしたちがお祝いに駆けつけて大騒ぎになっているんじゃ……？」

「その大騒ぎが原因で、ガキの頃に近所から苦情が来たことがあってな。それ以来、街のあやかしたちには何も催《もよお》す必要はないと毎年きつく申し伝えてある」

「……ええええええ⁉」

　思わず声を上げた日鞠は、みるみるうちに顔色を青く染めていった。

　もっと早く聞いておくべきだった。でも、後悔してももう遅い。

「どうしよう！　プレゼント、何も用意できていません！　せめて、どこかのお店でケーキだけでもっ」

「いらねえよ。お前からはもう、十分すぎるほど受け取っている」

「え？　あ……っ」

　頭に回された大きな手に引かれ、今度は日鞠の身体が、孝太朗の腕の中へと閉じ込められる。

　驚き見上げた日鞠の目には、愛おしげにこちらを見つめる孝太朗の顔が映った。

「お前がこうして、そばにいるだけでいい」

「孝太朗さん……」

「愛してる。日鞠」

耳に吹き込まれるように囁かれた愛の言葉は、まるで魔法だ。

自分の胸の中を、愛しさで瞬時に埋め尽くしてしまう。

「私も……孝太朗さんを愛しています」

「ああ。知っている」

「孝太朗さん」

愛しい人の名を呼び、日鞠は少しずつその距離を詰める。

微かに目を見張った孝太朗だったが、そのまま静かにまぶたを閉ざした。

初めて日鞠から贈る口づけに、心臓が壊れそうなほどに脈打っている。

「生まれてきてくれて……私と出逢ってくれて、ありがとうございます」

再び目尻に滲んだ涙を、孝太朗の指が優しく掬い取る。

寄り添った二人は、そのまま互いの温もりを分け合っていた。

今ここにある溢れるほどの幸せと、過去から繋げられた数多の縁《えにし》の糸に想いを馳せながら。

第四話　ふたたび四月、山神と山神の花嫁

冬の寒さも和《やわ》らぎはじめた、四月下旬の北海道。

「なんと。その報せは真《まこと》であるのか⁉」

「さすれば我々も、それ相応の心構えをしておかなければなるまい」

「いやいや。それでは足りぬ。今我々にできる、最高最善を目指さなければ……！」

新月の夜にのみ現れる、豊かな森林に囲まれた神社跡。

そこに突如もたらされたある『報せ』をきっかけに、毎月開かれていた人ならざる者たちの会談は、沸きに沸いた――

◇◇◇

「お待たせいたしました。桜と柚子と伊予柑のジャスミンティーのランチプレートでございます」

「あらあら。相変わらずとっても美味しそうね！　浮かんでいる桜も可愛いわ」

「来週は、北海道もいよいよ桜の季節の到来だものね。いつもありがとうね、日鞠ちゃん」

「こちらこそありがとうございます。どうぞゆっくりお過ごしくださいね」

嬉しそうに微笑む女性客二人に笑顔を向け、日鞠は厨房へ下がっていく。

近頃は随分と暖かくなってきて、薬膳《やくぜん》カフェの人気メニューも徐々に移り変わりつつあった。

身体をじっくりと温めてくれる深い色合いの薬膳茶《やくぜんちゃ》から、春の訪れを思わせる華やかな色合いの薬膳茶《やくぜんちゃ》へ。

そのささやかな変化を目にするたびに、薬膳《やくぜん》カフェ内でも季節の訪れを感じるのだ。

「ご馳走さま。今日もとても美味しかったわあ」

「七嶋のおばあちゃん」

大窓のカウンター席から聞こえた声に、日鞠はぱっとレジへ移動する。

いつもの指定席では、今日も常連客の七嶋のおばあちゃんが穏やかなときを過ごしていた。

「その後、身体の調子はいかがですか」

「もうすこぶる元気よ。今年は身体が軽くなるのが早くて、自分でも驚いているくらいだわあ」

「そうですか。よかったです」

月初めの騒動以降、体調不良もすっかり治まった様子の七嶋のおばあちゃんに、ほっと胸を撫で下ろす。

笑顔でおつりの受け渡しを終えた日鞠に、ふふ、と小さな笑みが届いた。

「七嶋のおばあちゃん？　どうかしましたか」

「うふふ。なんでしょうねえ。何だか最近ここに来ると、まるで一足早い春が来たみたいに胸がうきうきするのよ」

そう話す七嶋のおばあちゃんは本当に嬉しそうで、頬が柔らかなピンク色に染まっている。

「外もいよいよ春めいて、気分もわくわくしてきますよね」

「そうねえ。なんだか素敵なことが起こる予感がするわあ。それじゃあ日鞠ちゃん、店長さん、ご馳走さまでした」

「またどうぞいらしてください」

厨房から顔を覗かせた孝太朗に、七嶋のおばあちゃんがふわりと笑みを返す。

獏の夢水晶の事件以降、一時は取り戻されたかのように見えた七嶋のおばあちゃんの記憶は、結局今も失われたまま、明瞭になっていない。

それでも孝太朗と七嶋のおばあちゃんの何気ないやりとりを見るたびに、日鞠は胸の奥がじんわりと温かくなる心地がしていた。

「そういえば、日鞠ちゃんがこの街にやってきてそろそろ一年だねえ」

午前の営業を終えた薬膳《やくぜん》カフェに、午後シフトを控えた類も加わった。

昼休憩時間にまかないを食べていると、同じテーブルに着いた類が思い出したように告げる。

「確かにそうですね。あれからもう一年……長かったような短かったような、不思議な心地がしますすね」

「今となっては、日鞠ちゃんがいない日々のほうが想像できないよねえ。孝太朗もそう思うでしょ？」

「ああ、そうだな」

「あれま。意外にも素直なお答え」

「もうっ、類さん、あまりからかわないでくださいね？」

愉しげにくすくす笑う類を諫《いさ》めた日鞠は、正面席でランチを進める孝太朗をちらりと見る。

相も変わらず、端整で美しい顔立ちだ。窓から降り注ぐ淡い陽の光が照らす肌も、艶やかな黒い髪も、見惚れてしまうほどにきらきらと輝いている。

だけど、なんだろう。

最近の孝太朗がまとう空気は、どこか少し変わったようにも思える。

七嶋のおばあちゃんが言うように、来たる春に自分の心が躍っているだけなのだろうか。

「どうした、日鞠」

「あ、いいえ。そういえば、北海道の桜の時期は、いつも大体四月後半なんですか？」

「そうだな。厳密にはその年によるが、おおよそ四月末から五月初旬。大型連休辺りに満開になる」

「そうそう。だから連休にあわせてみんなでお花見とか催したりするんだよねえ。有名なところでいえば、札幌の円山公園《まるやまこうえん》とか、函館《はこだて》の五稜郭公園《ごりょうかくこうえん》とかかな」

「お花見ですか。実は私、参加したことがないんですよね」

学生時代は勉学と弟の面倒を優先して過ごしていたし、社会人になってからはほんの僅かな隙間時間も搾取《さくしゅ》されるような会社にいた。

花見の時期を知るのはいつも、テレビの楽しげな中継映像からだった。

「……あ、そうだ！」

「あ？」

「日鞠ちゃん？」

ぽん、と手を打った日鞠に、孝太朗と類の視線が集まる。

「来週のどこかで、お花見をしませんか？　街のあやかしのみんなをお誘いして……！」

夕食を終えた日鞠は、自室でぱらぱらとあるものをめくっていた。

「ふふ。このスケッチブックは、いつ見ても心が和むなあ」

顔を緩ませながら眺めているのは、日鞠が幼い頃に絵を描いていたスケッチブックだ。

最愛の祖母を亡くしたあと、一時期は封をするように目に入れないようにしていた、思い出の一冊。

生きる方法を見失っていた一年前の自分を、この街まで導いてくれた大切なものだ。

「子どもの頃の私にも、こんなにたくさんのあやかしの友達がいたんだよね」

スケッチブックに描かれたあやかしたちの姿は、拙いながらもどれもとても楽しげだ。

あやかしの世話をしていたという祖母を中心に、街のあちこちで彼らと交流する様子を描いた絵が数多くある。

「日鞠。風呂が空いたぞ」

「孝太朗さん」

「スケッチブックを見ていたのか」

「はい。あれから一年経ったんだなあって、ちょっと感慨深くて」

照れながら答える日鞠の隣に、肩にタオルを掛けた孝太朗が腰を下ろす。

「一年前にこの街に来たとき、孝太朗さんに助けられてこのカフェに来たんですよね。それからスケッチブックに描かれた場所を探していると言った私に、孝太朗さんが協力を申し出てくれて」

「改めて思うと、お前もかなり無鉄砲に北海道まで飛んだもんだな」

「本当ですね。でも、その無鉄砲さのおかげで孝太朗さんと出逢うことができましたから」

不思議な縁《えにし》の糸に引き寄せられるようにして、日鞠はこの地に根付くことになった。

振り返れば振り返るほど夢のような幸運に、自然と笑みがこぼれる。

「孝太朗さんに思い出の桜の木を見せてもらったのも、あのときでしたよね。今回のお花見の場所に、あの思い出の神社跡を使わせていただいて、本当にいいんでしょうか？」

「構わねえよ。あの神社跡はすでに人の手を離れ、あやかしの管轄下にある。催しの程度をわきまえて最終的な清掃を行えば問題ない。街のあやかしも、あの場所をよく井戸端会議の会場として使っているしな」

なくなったはずの思い出の神社跡は、実は今も新月の夜にのみ現れる。

以前弟の日凪太が連れ去られたのも新月の夜の神社跡だった。

その新月の規則から外れてもなお、神社跡への道を開くことができるのは、山神である孝太朗だけなのだという。

「お花見、楽しみですね。明日はちょうどカフェもお休みですから、さっそくあやかしのみんなをお誘いにいきたいと思います」

「俺も行く。狭い街じゃあねえからな。車を出したほうがいいだろう」

「ありがとうございます、孝太朗さん……、あっ」

顔を上げると、思ったよりも至近距離で孝太朗と視線が交わる。

どきんと跳ねた心臓が落ち着く暇もなく、腰に回された手に引き寄せられるようにして二人の距離が縮まった。

優しく触れた唇の感触に、胸の奥がぎゅうっと甘く締めつけられる。

この人が好きだ。そんな気持ちが、身体中から止めどなく溢れた。

そのまま抱き締められると、目の前の広い胸から心地のいい鼓動が聞こえてくる。

幸せな温もりに浸っていると、日鞠の指先が撫でるように触れられた。

「孝太朗さん？」

「お前の指は、華奢《きゃしゃ》だな」

いつの間にか掬いあげられていた日鞠の左手に、孝太朗が自身の指を絡ませる。

「え、えっと」

「白くて細い。なのに、触れると温かい。不思議なもんだな」

「っ……」

じっと観察するような視線が気恥ずかしく、日鞠の頬は徐々に熱くなっていった。

「こ、孝太朗さんの手は大きいですよね。手を繋いでいるときに、いつもそう思います」

「そうか？」

「そうですよ」

互いの手のひらをそっと重ねると、孝太朗の手のひらは本当に大きい。日鞠の小さな手のひらなど、容易く包み込んでしまうほどだ。

「私、孝太朗さんの手も大好きです」

「お前は撫でられるのが好きだからな」

「ふふ、そうですね。孝太朗さんに頭を撫でてもらうと、幸せな気持ちになります」

「……そうか」

「そうですよ」

微笑みながら頷いた日鞠に、孝太朗の目元が僅かに和らぐ。

再び訪れる口づけの予感に、日鞠は逸《はや》る心音を感じながらそっと目を瞑《つぶ》った。

翌日。澄み切った青空のもと、日鞠と孝太朗はあやかしの棲み処を訪問してまわっていた。

「ひゃあ！　素敵！　わたしたちにお花見のお誘いを⁉」

「おおーい！　お前も早くこっち来いって！　お花見のお誘いだぞ、お花見！」

「ふふ。喜んでもらえて嬉しいよ。美味しい料理もたくさん用意する予定だから、みんなぜひ参加してね」

「それはもちろん！　たとえ雨がこようと嵐がこようと必ず参加します！」

「雨天順延だぞ」

今訪れているのは、子河童たちが棲まう街の河川敷だ。

昨日夜遅くまで用意していた招待状を、誘いの言葉とともに一人一人に手渡していく。

文末にはそれぞれの小さな似顔絵も添えており、受け取った子河童たちは嬉しそうに瞳を輝かせた。

「日鞠さまの心遣いは本当に素敵だわ。まさに、山神さまが見初められるのも納得の優しさをお持ちなのですねっ」

「そ、そうかな。どうもありがとう」

「うんうん。その柔らかな佇まいにはやはり、ふわふわと揺れ動く華やかなスカートがお似合いに……」

「ちょっとあんた、何を言ってんの？　太陽のような温かな微笑みの日鞠さまこそ、それを引き立てる淑《しと》やかな着物がお似合いなんじゃない！」

「いやしかし、日鞠さまは」

「いーえ！　前にも言ったけれど、ここは断じて譲るわけにはいかないわ！」

「……スカート？　着物？」

唐突に始まった、子河童たちの口喧嘩。

その内容はどうやら、日鞠に似合う服装についてのようだった。

それも話しぶりから察するに、今ここで勃発した論争ではなく、以前から継続しているものらしい。

ちなみに本日の日鞠は、暖かいジャケットに動きやすい長ズボンといった服装だ。

「スカートも着物も、どちらも素敵だよね。でも、どうしてそういったお話になったの？」

「はっ！」

「それは……それはそれはそれは！」

日鞠の問いに、子河童たちは揃ってあわあわと慌てふためいている。

余計なことを聞いてしまっただろうかと心配になっていると、横で口を閉ざしていた孝太朗が小さく息を吐いた。

「おおかた神社跡での井戸端会議で話題に上ったんだろう。お前に似合うのは洋装と和装のどちらか、とな」

「そそそそうなのです！　さすがは山神さま！」

「そのとおりにございます！　我々はあくまで洋装か！　和装か！　それのみで！　ええ！」

「な、なるほど。そうだったんだね……？」

話によると、つい最近街のあやかしたちが件の神社跡に集い、楽しく近況報告をする機会があったらしい。

その後、笑顔で二人を見送る子河童たちに、日鞠も満面の笑みで手を振って別れた。

「皆さんやっぱり神社跡が大好きなんですね。お花見の開催もあの場所ですから、みんなに楽しんでもらえると嬉しいです」

「ああ、そうだな」

「……孝太朗さん。もしかして、何か気になることがありますか」

車に乗り込みエンジンをかけようとする孝太朗に、日鞠は問いかけた。

先ほどの子河童たちもそうだが、孝太朗もまたどこかいつもと様子が違うような気がしたのだ。

キーに触れかけた孝太朗の手が、ぴたりと止まる。

「大したことじゃあない。少なくとも、お前が心配することは何もねぇよ」

「……わかりました。でも、何か私にできることがあればいつでも言ってくださいね」

「ああ。頼りにしている」

孝太朗は、この街のあやかしたちを総括する山神だ。

街中のあやかしたちの様子から、日鞠には気づけない細かな変化を察することもあるのだろう。

孝太朗が語らないのであれば、これ以上聞き出す必要はない。

「さてと。このあとはどこに向かう予定でしたっけ」

「通りを抜けた先の森に棲む、ヤマビコたちだな」

そう答えた孝太朗が車を発進させる。

来たる花見の席に、どれだけのあやかしたちが集まってくれるだろう。

窓越しに移り変わっていく街の風景を眺めながら、日鞠はわくわくと胸を躍らせた。


翌日。

薬膳《やくぜん》カフェの客足も徐々に落ち着いてくる頃。

「有栖ちゃん……どうしてよりによって、この人と一緒にここに来てるのかなあ……？」

来店した二人の客人を前に、出迎えた類はぴしりと表情を凍らせた。

客人の一人は、日鞠の友人であり類の恋人でもある楠木有栖。

そしてもう一人は、穂村家の前当主であり類の祖父である、穂村菊蔵《きくぞう》だった。

「以前類さんのお誕生日の席で、お約束しましたから。いつか薬膳《やくぜん》カフェに一緒に参りましょうと」

有栖の言う約束とは、類の三十歳の誕生日祝いの席のことだ。

孫の類との関係から菊蔵が長年疎ましく思っていた薬膳《やくぜん》カフェに、有栖が自ら誘いをかけたのだ。『もしも訪問が躊躇《ためら》われるようでしたら、ぜひ私とご一緒しましょう』と。

「うん。それは知ってるけどね。聞いてたし、見てたけど。一度ならず二度までも！　わざわざじいちゃんとカフェデートする必要ってあるかなあ⁉」

「お友達とまたこのカフェに来たいと思うのは、ごく自然な考えかと思いますが……」

類と有栖のやりとりに、日鞠も後方でこっそりと苦笑する。

薬膳《やくぜん》カフェに有栖と菊蔵が初めて訪れたのは、誕生日祝いの席から僅か数日後の一月中旬だった。いつも通りに挨拶を交わす有栖と不遜な態度の菊蔵が連れ立つ姿に、カフェの三人全員が驚愕したのは今も記憶に新しい。

口にしたからには実行する。有栖は有言実行の人だった。

「まあまあ類さん。菊蔵さんも、今はお客さまとしていらしてるわけですから」

「騙されちゃ駄目だよ日鞠ちゃん。じいちゃんが純粋なお客さまとしてこの職場に来るなんてありえないんだから」

「ふん。どう取るかはお主の勝手だがな。私はただ、現山神さまの営む薬膳茶屋《やくぜんちゃや》を客として見にきたまで」

「わざわざ新調した訪問着まで着て？　じいちゃんも有栖ちゃんに二度も誘われて結構浮かれてるんじゃないの」

「随分とまあ余裕のない。我が孫ながら情けない限り」

「はあ？」

「なんだ小童《こわっぱ》」

「ほ、ほらほらお二人とも！　今は通常営業時間ですので、抑えて抑えて……！」

ばちばちと火花を散らす類と菊蔵に、日鞠は慌てて声を張る。

二人は不服そうな顔を隠すことなく、互いにふんとそっぽを向いた。

穂村家前当主と現当主の諍い。これも通常運転だ。

「それはそうと、有栖さんのお着物、華やかでとてもお似合いですね。髪型もお着物にぴったりで素敵です」

「ありがとうございます、日鞠さん。菊蔵さんがお着物でいらっしゃると思いまして、勝手ながら和装で揃えさせていただいたんです」

微笑みながら答える有栖の美しさに、日鞠は思わず見惚れてしまう。

赤色の縦縞模様が入った着物の裾からは、繊細な黒のフリルがそっと顔を覗かせる。銀髪のウィッグは後ろで細やかにまとめられ、赤い牡丹《ぼたん》の花飾りが添えられていた。

「そのような気遣い、私は不要と伝えたのだがな」

「こちらからお誘いした手前、菊蔵さんに恥を掻かせるわけにはいきませんから」

「お二人の並んだ姿はとても絵になっていますよ。有栖さんは洋装も和装も、どちらもとてもお似合いですね」

洋装と和装。それは偶然にも、先日子河童たちと交わした話の内容と重なるものだった。

今になって思い返せば、あのあと招待状を届けに回ったあやかしたちも、皆一様にどこか普段と様子が違っていたように思う。

終始にやにやした表情を崩さなかった茨木童子《いばらきどうじ》に、「俺は応援してるよ、孝太朗！」と輝く笑顔で孝太朗に親指を立てた化け狸の太喜《たいき》、なぜか一斉に拍手喝采で日鞠たちを迎えてくれた木の子とその仲間たち。

橋姫の凜姫《りんひめ》に至っては、真剣な眼差しで日鞠のことを凝視したかと思えば、無言のまま突然抱きしめてきた。まるで、何かを注意深く吟味するかのように。

「ふ。洋装か和装か、か。人間とあやかし、種族の違いはあれど、話の中身は自然と似通うものらしい」

「……え?」

小さく笑みを浮かべながらそう告げる菊蔵に、日鞠と有栖は揃って視線を向ける。

「もしかして菊蔵さんも、先日の神社跡での集まりに参加されていたんですか?」

「あいにく私は、それほど暇ではない。しかしながらいつの世も情報は重要な武器のひとつ。そういった会合には、常日頃から管狐を飛ばして、話の概要を把握させているのだ」

「な、なるほど」

さすが長らく穂村家を一手にまとめてきた統率者だ。すべてにおいて抜け目がない。

「あの夜、あやかしの一人からある重大な『報せ』がもたらされたらしい。それがきっかけとなり、街のあやかしたちを大きく二分するまでの大論争が勃発した。そう管狐からは伝え聞いている」

「だ、大論争ですか……」

どこか含みを持たせた菊蔵の説明に、日鞠はますます困惑する。

一体どんな『報せ』がもたらされたら、日鞠に似合うのは洋装か和装かなどという大論争が勃発するというのだろう。

「じいちゃん」

さらに質問を重ねようとした日鞠だったが、類の強い声に遮《さえぎ》られた。

「わかってると思うけどね。それ以上を部外者が語るのは、さすがに野暮《やぼ》だよ」

「ふ。お主に諭されずとも。私にとってはすこぶる退屈な話題であったからな」

「そ、そうでしたか」

無理やり打ち切りになった会話が気にならないではなかったが、類がここまでと言うのならばそれでいいのだろう。

どことなく居心地の悪い空気を払拭するべく、日鞠は「そういえば！」と大げさに手を打った。

小走りでレジ横の棚からあるものを持ってきた日鞠は、有栖にそれをそっと差し出す。

「これは……お花見の招待状でしょうか」

「はい。日頃お世話になっている皆さんに感謝を込めて企画させていただきました。有栖さんにもぜひ参加してもらえればと思いまして」

「わあ。この可愛いイラストは、もしかして私ですか？」

「はい。僭越ながら」

招待状の端に描いたイラストを、有栖が愛おしげになぞる。

ふたつくくりに結《ゆ》われた美しい銀髪に、白のレースがふんだんにあしらわれた漆黒のワンピース。

それはまるで美しいロシア人形を彷彿《ほうふつ》させる、初めて有栖が薬膳《やくぜん》カフェを訪れたときの姿だった。

「ありがとうございます。でも、街のあやかしさんたちもいらっしゃるんですよね？　私がお呼ばれされても、お邪魔じゃないんでしょうか」

「もちろんです。有栖さんがどんな方か気になっているというあやかしさん、実は少なくないんですよ」

「あやかしさんたちとのお花見ですか。今からとても楽しみです」

嬉しそうに微笑む有栖に、胸がじんわりと温まるのを感じる。

そんな二人の様子に、類は満足げに頷き、菊蔵はふんと鼻を鳴らした。

「相変わらずこの店の者は、理由を付けての飲み食いがお好きなようだな。それも屋外の催しなど。私には到底理解できぬ」

「え、ええっと。実はその、菊蔵さんにもこちらを」

「……なに？」

気まずそうに差し出された招待状に、菊蔵は目を丸くする。

その表には確かに、「穂村菊蔵様」と書いてあった。

差し出された招待状を、菊蔵は無言のまま受け取る。文末には例に違《たが》わず、菊蔵の似顔絵が描かれていた。

「もしもご予定が合えばと思い、用意させていただいたんです。類さんは私にとって、この街に根付くきっかけとなった恩人の一人です。そして当然、そのご家族にも感謝をお伝えしたい気持ちは変わりません」

「日鞠ちゃん……」

さすがの類も菊蔵を招待するのは予想外だったらしい。背後で驚いているのがわかったが、日鞠は菊蔵から目を逸らさずに言った。

「もちろん、無理に参加していただく必要はありません。ただ、少しでもお話をして、一緒にお花見を楽しむことができればと」

「無理だな」

返ってきたのは、容赦のない答えだった。

「あいにくこの日は夜まで予定が詰まっている。お主らの花見に参加することはできぬ」

「そう、でしたか。承知しました」

「あのねえ、じいちゃん」

「だが」

類の苦言に被せるように、菊蔵は言葉を続けた。

「その日の予定は私一人で事足りる作業だ。私の管狐らを代わりに参加させることはできる。もちろん、主催者さまの了承を得られればの話ではあるがな」

「……！」

菊蔵に仕える管狐のことならば知っている。類の管狐とよく似た外観の、黒い綱紐を付けたあやかしだ。

「当日は管狐らを向かわせてもよろしいかな。加えて、穂村家からも適当な差し入れを届けさせるとしよう」

「はい！　ありがとうございます……！」

こみ上げる喜びに突き動かされるように、日鞠は笑顔で頭を下げた。

かつて菊蔵は、孫の類を穂村家の家業に専念させるため、そして、山神である孝太朗との交流をこれ以上続けさせないため、薬膳《やくぜん》カフェを辞めさせようと画策していた。

その一件が解決したあと、類と菊蔵の仲はやや改善した。だが、日鞠は今よりもっと互いの想いを理解し尊重していけたらと願っていたのだ。

勇気を出して招待状を渡すことができて、本当によかった。

「よかったですね、日鞠さん」

「はい。有栖さんもありがとうございます！」

「へー。何というか、へー……」

「類、お主の気の抜けた表情はもうよいわ。それよりもあれだ、先に注文した品はまだ届か……」

「お待たせいたしました」

静かな声が、四人の会話を遮った。

気づけば厨房から出てきた孝太朗が、二人分の薬膳茶《やくぜんちゃ》をトレーに載せて立っていた。

「あ、すみません孝太朗さん。準備ができていたことに気づかずに、つい話し込んでしまいました……！」

「問題ない。今は他の客人もいないからな」

そう告げる孝太朗がテーブルに並べたのは、常連客の有栖にはすっかりお馴染みの、キクとクコの実とリンゴのグリーンティーだった。

ティーセットは同じものが二人分。初来店時、有栖に勧められたこの薬膳茶《やくぜんちゃ》を、どうやら菊蔵も気に入ったらしい。

ポットにぷかりと浮かぶキクの花の美しさと緑茶の芳醇《ほうじゅん》な香りが、気分まですっと晴れやかにしてくれる薬膳茶《やくぜんちゃ》だ。

「いつもありがとうございます、孝太朗さん」

「これはこれは。山神さま自らお届けくださるとは光栄ですな」

「先ほどのお気遣い、感謝します」

皮肉っぽい菊蔵の言葉に返された孝太朗の言葉。

一瞬聞き流しそうになったが、少しの間をおいて日鞠は首を傾げる。

孝太朗は今、何に対して感謝を伝えたのだろう。

「……気遣いなどではない。穂村家及びその家業に無関係と判断したまでのこと」

ぷいと視線を逸らした菊蔵が、話は終わりとばかりに薬膳茶《やくぜんちゃ》のポットに手をかけた。

何事もなかったように厨房へ戻る孝太朗の背中を見送り、日鞠は有栖とそっと視線を交わす。

答えを乞うような困惑した視線を二人から向けられた類は、笑顔で肩をすくめるだけだった。

二人を見送ったあとに訪れた、昼休憩の時間。

まかないを食べ終えた孝太朗と類は、備品の買い出しへと出かけていった。

一人カフェに残った日鞠は、食後の薬膳茶《やくぜんちゃ》を口に含みほっと温かな息を吐く。

「日差しがぽかぽか暖かくて、素敵な昼下がりだなあ」

カフェの大窓から注がれる春の陽光がきらきらと眩しい。

日に日に色彩を取り戻していく街並みは、徐々に色を塗られていくスケッチブックのようだ。

「それにしてもさっきの孝太朗さん、どうして菊蔵さんにお礼を言ったんだろう……？」

薬膳茶《やくぜんちゃ》で両手を温めながら考えているのは、先ほどのやりとりについてだった。

あの流れでまず考えられるのは、日鞠が差し出した招待状を無下《むげ》に扱わなかったことへの礼。しかしそうなると、直後に菊蔵が答えた穂村家云々《うんぬん》の発言と齟齬《そご》が生じる気もする。

「そういえば最近の孝太朗さん、一人でぼうっと考え事をしていることが多いんだよね」

普段から言葉数が多いほうではない孝太朗だが、日鞠とて一年間共に生活をしてきたのだ。

その様子が普段と僅かに違うことは、すぐに感じ取ることができた。

しかしそれを孝太朗に尋ねると、特に問題はないと返ってくる。

嘘が嫌いと公言している孝太朗だ。虚言ではないのだろう。

「それでも……ほんの些細《ささい》なことだとしても、力になりたいんだけどな」

小さな呟きが、カフェ店内にじわりと溶けていく。

徐々に気持ちが沈んでいることに気づき、日鞠ははっと我に返った。

「いけないいけない。もうすぐ午後シフトが始まるんだから、あまり考え込みすぎるのはよくな……」

「た、た、大変遅くなりましたっ！」

「わっ⁉」

突然カフェの扉が開く音がして、日鞠の肩がびくりと跳ねる。

同時に転がり込んできたのは、大荷物を背負った豆太郎だった。

「こんにちは豆ちゃん。今日はお豆腐を届けてくれる日だもんね。いつもお疲れさま」

「は、はい。遅れてしまい大変申し訳ございませんでした！　急遽任された別件がございましてっ」

「まだお昼休み中だから、全然大丈夫だよ。息が上がってるね。今、何か飲み物を用意するよ」

「うう、ありがとうございます日鞠どの……、ひゃっ！」

厨房へ向かった日鞠だったが、聞こえた悲鳴に思わず振り返る。

視線の先では豆太郎が床に突っ伏し、数えきれないほどの白い紙が辺りに散乱していた。

「豆ちゃん、大丈夫⁉　ケガしてない⁉」

「だ、大丈夫でございます。街中を走り回ってきたからか、脚がもつれてしまいまして」

「大変な用事だったみたいだね。この散らばった紙は、この箱の中に戻せばいいかな」

「あっ、あっ、日鞠どの、どうぞお気になさらず！」

「大丈夫大丈夫！」

慌てる豆太郎に笑顔で告げると、日鞠はカフェ店内に散らばった白い紙を丁寧に拾い集めていった。

見れば一度か二度折り畳んだものが多く、合計すると相当の枚数になる。てきぱき拾い集めていると、手に取った一枚の折り目が甘かったらしく、中に記された単語が日鞠の目に留まった。

「『ウエディングドレス』？」

「……っ⁉」

その単語を口にした瞬間、豆太郎の声にならない悲鳴が届いた。

日鞠が視線を向けると同時に、その額からだらだらと滝のような汗が流れだす。

「あ、ごめんね。中身は勝手に見ないほうがよかったよね」

「い、い、いえいえいいいえ！　そんなに大した内容のものではございません故っ」

いつにも増して超高速で首を横に振る豆太郎に連動して、お盆の上の豆腐もぷるぷると小刻みに震える。

「もしかして、くじ引きか何かなのかな。誰かがご結婚されるとか？」

「あああああああのですね！　くじ引きといいますかアンケートと申しますかこれはその……‼」

しどろもどろになりつつ説明した豆太郎の話では、このたび遠い遠い親戚が結婚することになり、その花嫁の服装についての意見を求められているのだという。

今拾った紙の中には、『ウエディングドレス』『白無垢《しろむく》』のいずれかが記されているというわけだ。

「その集計係を豆ちゃんが頼まれたんだね。ウエディングドレスと白無垢かぁ」

「ひ、日鞠どのは、どちらのお召しものがいいなどのご希望はございますかっ？」

「え……、私？」

思いがけず問いかけられ、うーんと首を傾げてしまう。

自分が着るとしたら、一体どちらを選ぶのだろう。

ウエディングドレスも白無垢も、どちらもとても美しく、未来への幸福に満ちあふれている。

それに、隣にいる将来の伴侶となる人の姿も、きっととても素敵なんだろうな……、って。

「日鞠どの？」

「あ、あははは。ごめんね。ちょっと想像したら照れくさくなっちゃって」

恐らく真っ赤に染まっているであろう頬に手を添えて、日鞠は困ったように笑った。

まさか、隣に立つ人物の姿を想像してしまった、だなんて言えない。

「でも、そうだなあ。ウエディングドレスでも白無垢でも、隣に生涯を誓った大切な人がいてくれれば、それだけできっと人生最良の日になるんだろうね」

暖かい春の陽差しを浴びながら、日鞠は口を開いた。

「結婚式の準備では、衣装以外にも決めることが本当にたくさんあるらしいから。相手と二人、お互いの考えを尊重し合って決めていけたら素敵だよね」

「……日鞠どの……」

「って、え？　豆ちゃん、どうしたの。どうして泣いてるのっ？」

何気ない世間話をしているつもりだった日鞠は、はらはらと涙をこぼす豆太郎の姿にぎょっと肩を揺らす。

差し出された日鞠のハンカチで涙を拭き取ったあと、豆太郎はきりっと表情を引き締めた。

「日鞠どの。承知いたしました！」

「えっ」

「日鞠どのの真のご意向は、この豆太郎がしかと受け止めさせていただきました！　たとえ何が起ころうとも必ずやこの手でお守りいたします故、どうぞご安心くださいませ！」

「え？　うん、ありがとう……」

「では！　まずは本日のわたくしの使命、お豆腐の納品をさせていただいてもよろしいでしょうかっ」

「あ、そうだったね。それじゃあ厨房のほうへ」

本日分の豆腐を納品し終えると、豆太郎はきりっとした表情を崩さないままカフェをあとにした。

一体何だったんだろう。

咄嗟にありがとうなんて言ってしまったけれど、あれでよかったのだろうか。

薬膳《やくぜん》カフェの扉口で首を傾げたまま、日鞠は遠ざかっていく小さな背中を見送っていた。

そして迎えた、花見当日。

日鞠と孝太朗の二人は、カフェ厨房内で花見の準備を進めていた。

花見に参加するあやかしたちをもてなす料理の材料として、厨房中央の調理台には彩り豊かな食材が所狭しと並んでいる。

「こんなに大量のお米がこの厨房にあるなんて、なんだか不思議な感じがします」

「カフェメニューで白米はほとんど使わないからな。熱いから火傷に気をつけろよ、日鞠」

「わかりました。ふふ、春の食材のいい香りがしますね」

語らいながらも二人がせっせと作るのは、花見用のおにぎりだった。

桜でんぶで桃色に染めた白米に、卵や人参、たけのこ、菜の花に蕗《ふき》の薹《とう》など、春の訪れを詰め込んだような炊き込みご飯。それらを三角形に握ったあとに海苔をつけ、用意された重箱に丁寧に詰めていく。

多くのあやかしたちが集まることを考慮した結果、用意する主なメニューは気軽に手づかみで食べられるものにしようということになった。

ちなみにお稲荷さんは類と有栖の担当となり、穂村家の調理場で作ることになっている。

有栖の料理の腕は、あれから徐々にではあるが上がっているらしい。

師匠のゴト曰く、「おこわ詰めなどの単純作業をひたすら繰り返すだけなら大丈夫ニャろう。たぶん」とのことだ。

その他、孝太朗が手際よく用意したおかず類も、重箱に華やかな彩りを与えてくれていた。

「お天気も雲ひとつない青空で、本当によかったですね。綺麗な桜と美味しい料理、みんなに楽しんでもらえたらいいな」

「街のあやかしたちはもともと、あの神社跡で気ままに駄弁って過ごすのを毎月の楽しみとしているところがあるからな。加えて少しの飲み食いするものと桜があれば、それだけでお祭り騒ぎだろう」

「思えば私も、あの神社跡に踏み入るのは久しぶりですね」

感慨深く思ったあと、日鞠は隣でおにぎりを握っている孝太朗に視線を向けた。

「ありがとうございます、孝太朗さん。一年前、私のために神社跡までの道を開いてくださって」

「唐突だな」

「あのときのこと、きちんとお礼を言っていなかったなと思ったんです。おばあちゃんとの思い出のあの場所も、本当ならあのときは踏み入ることができなかったんですよね。そこへの道を、孝太朗さんは躊躇なく開いてくれました。街のあやかしたちの大切な場所なのに……ぼろぼろだった私のために」

感謝の言葉がとめどなく溢れる。

「だから、ありがとうございます孝太朗さん。そのとき結ばれた縁《えにし》の糸が少しずつ広がって、私は今、こんなに幸せな毎日を送ることができています」

「……」

「それに……孝太朗さんと巡り逢うことができて、本当によかった」

はにかみながら言い終えると、厨房に短い沈黙が落ちた。

「あ……えっと、すみません。私語ばかりじゃいけませんよね。お花見の時間までに、まだやらなくちゃいけないことが山ほど……」

「日鞠」

低く呼ばれた名前に、どきんと心臓が震える。

見上げると孝太朗の真っ直ぐな視線に捕らわれ、胸がぎゅうっと甘く締めつけられるのがわかった。

「俺も同じだ。お前とこうして出逢うことができて、本当によかったと思っている」

「は、はい」

「これからもずっと、その気持ちは変わらない。万一お前の気持ちが変わったとしてもだ」

「もう。私の気持ちが変わるなんて、ありえませんよ？」

「……今の言葉、撤回はなしだぞ」

次の瞬間、孝太朗が日鞠の手を掬いあげるように持ち上げた。

おにぎりを握り続けていた日鞠の手には、桃色の米粒が付いている。

「孝太朗さん……ご飯、付いちゃいますよ……？」

「そうだな」

「はい……」

「……」

一応肯定したものの、孝太朗の手は変わらず日鞠の手を取ったままだった。

何とも言えない気恥ずかしさに包まれながら、日鞠は徐々に馴染んでいく孝太朗の手の温もりを感じている。

どうしたのだろう。

今の孝太朗は、何か言いたげに見える。

いや、正確には「今」ではない。「ここ最近ずっと」だ。

いつも誤魔化しなく端的にものを告げる孝太朗が、ここまで言い淀むことは今までなかった。

「日鞠」

「っ、はい」

「……俺は」

「やっほー！　お待たせしました！　穂村家宅急便でーす！」

「お邪魔します。孝太朗さん、日鞠さん」

「‼」

扉が開いた音と聞き馴染みのある声に、二人はぱっと手を離す。

同時に厨房に入ってきたのは、大きな重箱を抱えた類と有栖の姿だった。

「おおお、おかえりなさい二人とも！　もう、お稲荷さんを作り終わったんですね……！」

「……あー、うん。もともと下ごしらえは済ませてあったからね」

「……すみません、日鞠さん、孝太朗さん。私たち、すごくお邪魔なタイミングに来てしまったようですね」

「そ、そ、そんなことありませんよ⁉　全然！　まったく！」

「問題ありませんよ。……むしろ助かりました」

ただ一人、落ち着いた口調で答える孝太朗は、有栖が手にしていた重箱をさっと受け取る。

「類、重箱はひとまずホールに置いておくぞ。有栖さん、今何か飲み物を用意します」

「はい、ありがとうございます」

「えええええ。ちょっと孝ちゃん、俺も有栖ちゃんと一生懸命お稲荷さんを作ってきたんだけど。俺にも飲み物ちょうだい？」

「お前は自分で水でも注いでろ」

「辛辣《しんらつ》！　やっぱ怒ってるし！」

ぎゃあぎゃあ言い合う二人の様子に、日鞠は類の熱を冷ましながら苦笑をこぼした。

逸る心音を落ち着けようとする一方で、先ほど孝太朗が言いかけた言葉の先が気にかかる。

「日鞠。いったん休憩だ。お前もこちらに来い」

「……はい。それじゃあ、お言葉に甘えますね」

何事もなかったかのような孝太朗に、日鞠もひとまずいいかと結論づける。

そのあとは類と有栖も加えた四人で、残りの花見準備を進めていくこととなった。


「山神さま！　日鞠さま！　類さま！」

「本日はお招きいただき、誠にありがとうございました！」

「こちら、つまらないものでございますが」

「わあ、ありがとうございます！　美味しそうな和菓子、さっそくお花見の席に出させていただきますね」

いくつかの大きなビニールシートを敷き、花見会場の設営を整えた神社跡前の広場。

開場時間を迎えると同時に、ここへと繋がる長い石階段をたくさんの客人たちが上ってきた。

この街に棲まうあやかしたち。

何百年も昔からこの地に息づいていた者や、他の地から移り渡ってきた者。人の想いのそばに寄り添ってきた者や、自然と一体となって暮らしてきた者。人間に近しい姿の者から、動物、はたまた双方の特徴を兼ね備えた者まで、本当に多種多様だ。

「有栖さん。設営作業までお手伝いしていただいて、本当にありがとうございました」

「いいえ。たくさんのあやかしさんに会える素敵な機会をいただいたんですから。とても楽しいし、嬉しいです」

隣に立つ有栖が、柔らかな微笑を浮かべる。

言葉のとおり、初対面のあやかしたちの姿を目にするたびに、有栖は瞳をきらきらと輝かせていた。

それはあやかしたちも同様だったようで、「あの女性はどなたじゃ？」「以前噂に聞いた、穂村家新当主の恋人さまではっ」「なんと！　この花見の場で相見えることになろうとは！」とあちこちで話題の的になっている。

交友の輪が広がっていく光景に、日鞠の口元にも自然と笑みが浮かんでいた。

「私は初めて目にしましたが、この神社跡の桜の木は、とても大きくて立派なんですね」

「はい。祖母との思い出を振り返るときはいつも、この桜の木の姿も一緒なんです」

神社跡をぐるりと囲うように植わった桜の木々たちの中でも、ひときわ目を惹くのが中央に佇む大樹だ。

春風にふわふわと揺れる薄桃色の花弁が、まるで日鞠たちを歓迎するかのように美しく舞っている。

久しぶりに訪れることとなった思い出の場所に、日鞠の胸はじんと温かくなった。

「なんとまあ、美味しそうなお料理の数々……！」

「こ、こちらは、我々もいただいてよろしいのでしょうかっ？」

「どうぞ好きなだけ食べていってください。ただし、食べ過ぎてお腹を痛くしないようにご注意くださいね」

日鞠の案内に、あやかしたちは頬を紅潮させながら飛び跳ねる。

広げられたビニールシートの脇にはテーブルが設置され、用意された重膳がずらりと並べられていた。

孝太朗と日鞠が作った桜でんぶのおにぎりに、類と有栖が作ったお稲荷さん。隣には、卵焼きやミートボールなどのおかず類や、孝太朗がいつの間にか仕込んでいたらしい一口サイズのサンドイッチにピザも用意されていた。

さらには菊蔵より色鮮やかなカナッペまで届いたものだから、品切れの心配をする必要はないだろう。

ひとまず参加者の手に乾杯用のお茶が行き届いたことを確認すると、類が笑顔で孝太朗に告げた。

「さてと。そろそろいい具合に揃ってきたみたいだし、はじまりの音頭を取ってよ。孝太朗」

「あ？　そんなものは必要」

「おおっ、孝太朗どの！」

「ぜひとも開催宣言を！」

「ほら皆の者も静まれ！　山神さまのご挨拶じゃぞ！」

「……はあ」

孝太朗が首を横に振るよりも早く、周囲のあやかしたちから一斉に歓喜の声が上がる。

小さく眉を寄せたあと、孝太朗はすっとその場に立ち上がった。

「突然の呼び出しにもかかわらず足労をかけたこと、感謝する。好きなだけ飲み食いしてくれ。乾杯」

「乾杯！」

「乾杯ー‼」

「山神さま万歳ーっ！」

乾杯の声が辺り一面に溢れた、そのときだった。

日鞠たちがいる神社跡を囲う桜の木々が、一斉にその花びらを満開にしたのだ。

「わあ……っ、綺麗……！」

桜の美しさに包み込まれた会場に、今一度大きな歓声が上がった。

快晴の淡い空色と桜の桃色が広がった幻想的な光景に、思わず感嘆の息をもらしてしまう。

「すごい……。こんなにたくさんの桜が、一斉に満開になるだなんて……」

「この神社跡は、孝太朗の山神の力で保たれている特別な場所だからね」

どこか眩しげに桜を眺めながら、類が語る。

その傍らには、いつも類とともにいる管ちゃんの他、黒い細紐を首に結わえた管狐も浮かんでいた。恐らくは、菊蔵お付きの管狐だろう。

「それでも、こんなに桜が咲き乱れるのは俺も初めて見たよ。それだけ今の孝太朗が、心満たされているということかな」

「心満たされている……」

類の言葉を繰り返しながら、花吹雪の舞う中、あやかしたちに次々と声をかけられている孝太朗を見る。

その表情は決して愛想のあるものではないが、向けられる言葉も眼差しも、ひとつひとつに相手に寄り添い労わる優しさが込められていた。

そんな孝太朗だからこそ、街のあやかしたちもまた、彼に深い敬慕の念を抱くのだろう。

「さあさあ。日鞠ちゃんと有栖ちゃんも遠慮なく食べたり飲んだりしてね。向こう側のテーブルには、孝太朗が用意した薬膳茶《やくぜんちゃ》も並べてあるよ」

「わあ、いいですね。有栖さん、一緒に選びに行きましょうか」

「そうですね」

さっそく指さされたほうへ向かうと、用意されたテーブルの上には五、六種類の薬膳茶《やくぜんちゃ》が大きなポットに入れられていた。

それぞれに用いられた材料と薬膳《やくぜん》的効能が記され、あやかしたちがどの薬膳茶《やくぜんちゃ》にするか楽しげに選んでいる。

そんな和気藹々《わきあいあい》とした光景を前に、自然と日鞠の歩みが止まった。

揃えられた薬膳茶《やくぜんちゃ》は、緑茶やダージリンティー、カモミールティーなど、ベースとなるお茶の色合いも味わいも異なる。その中を心地よさげに揺れている材料たちも、木の実や果物、ハーブや花弁に至るまで様々だ。

薬膳《やくぜん》カフェに勤めはじめてから一年。日鞠はこれまで、数え切れないほどの薬膳茶《やくぜんちゃ》を目にしてきた。

しかしながら、こうして多種多様な薬膳茶《やくぜんちゃ》を一覧できる機会は滅多にない。

日々孝太朗が薬膳茶《やくぜんちゃ》に込めている想いを改めて実感し、日鞠の胸に温かなものが広がっていく。

「素敵ですよね」

足を止めた日鞠に、並び立つ有栖が柔らかな声をかけた。

「薬膳《やくぜん》カフェの皆さんがいつも提供してくださる、あの雰囲気と同じです。誰にでも優しくて、温かくて……こちらの悩みにも痛みにもただ寄り添ってくれる」

「有栖さん」

「日鞠さんが今感じている感動はきっと、日頃私たちが受け取っている感動と同じものですよ」

「っ……ありがとう、ございます」

「行きましょう。美味しい薬膳茶《やくぜんちゃ》が待っていますよ」

「はい！」

目尻に涙が滲むのを感じながら、日鞠は笑顔で答えた。

数ある中からじっくりと薬膳茶《やくぜんちゃ》を選び取り、にこにこと笑みを浮かべながら席に戻る。

そんな日鞠に、「あっ、あんなところにおるぞ！」という女の子の声が届いた。

「まったく！　せっかくわらわが直々に顔を見せに来てやったというのに、一体どこをうろついておったのじゃ！」

「紫陽花《あじさい》さん！　今日はお越しいただいてありがとうございました」

ぷりぷりと怒りながら待っていたのは、あやかしの雨女こと紫陽花《あじさい》だった。

外見の印象は、およそ十歳前後。薄紅色の着物を着て、豊かな黒髪で結われたお団子には紫陽花《あじさい》を思わせる小花の髪飾りが挿《さ》されている。

「有栖さん。こちら、南側の森奥に棲まわれている、雨女の紫陽花《あじさい》さんです」

「はじめまして。楠木有栖と申します」

「ほう。そなたが穂村家の新当主の恋人か。礼儀は弁《わきま》えているようだな。悪くはないぞ」

「恐れ入ります」

ぺこりと礼をする有栖に、紫陽花《あじさい》は満足げな様子で眉を上げる。

そんな二人のやりとりに、日鞠は小さく笑みを漏らした。

「なんじゃ日鞠。何を笑うておる」

「ふふ、何だか懐かしくなってしまって。思えば初めて私が紫陽花《あじさい》さんとお会いしたときは、こんな風に気軽にお話しできるようになるなんて思ってもみませんでした」

「……なんじゃ唐突に」

紫陽花《あじさい》は口を尖らせつつ、頬をほんのり赤く染める。

もともと紫陽花《あじさい》は、日鞠が街に現れるずっと以前から孝太朗に恋をしていた。

そのため、突然一つ屋根の下で暮らしはじめた日鞠を許せず、目の敵にしていたのだ。

「でもですよ有栖さん。孝太朗さんへの想いを自覚した私をどんと後押ししてくれたのも、実は紫陽花《あじさい》さんだったんです。紫陽花《あじさい》さんは本当に心優しくて、素敵なあやかしさんなんですよ」

「そうだったんですね。その話、もっと詳しくお聞きしたいです」

「あー！　あー！　もうよいよい！　そんな昔話は、わらわはとうに忘れた！」

どうやら自分が褒められることに慣れていないらしい紫陽花《あじさい》は、いよいよ顔を真っ赤にしてぶんぶんと顔を振り回す。

そしてずいっと目の前に差し出されたあるものに、日鞠は目を丸くした。

「紫陽花《あじさい》さん？　これは」

「なんじゃ。わらわからの贈り物は受け取れぬと申すか」

「え、あ、ありがとうございます……！」

贈り物、と告げられ、日鞠は慌ててそれを受け取る。

手渡されたそれは、美しい小花の髪飾りだった。

いくつかの小花の束に分かれているが、ひとつにまとめると見覚えのある花の形になる。

目の前の少女が日頃髪につけている、薄紫色の紫陽花《あじさい》の花だ。

「どうやらこの一年、愛しの孝太朗さまに大きな迷惑をかけずにいた様子。心優しいわらわからの労りの品じゃ。受け取れ」

「紫陽花《あじさい》さん……ありがとうございます」

「うるうるするでないっ！　まったくこれだから人間の女子《おなご》はっ！」

再び顔を真っ赤にしながら怒る紫陽花《あじさい》を、日鞠は感情のままに腕の中に抱きしめた。

美しく流れるその髪からは、ふわりと優しい紫陽花《あじさい》の花の香りがした。


その後も日鞠のもとには、顔馴染みのあやかしたちが次々と現れた。

実際の桜は初めて見るという文車妖妃に、挨拶もそこそこに酒のもとへ飛んでいった茨《いばら》木童子《きどうじ》。かまいたちの兄弟やヤマビコの親子、三匹の子河童たちは、全員子どもたちが幼馴染みなのだという。

旧島松駅逓所《きゅうしままつえきていしょ》の家鳴《やな》りたちは小さな身体ながらに好物のおにぎりに齧《かじ》りついていたし、雪女の深雪《みゆき》から言伝を受けたシマエナガのしーちゃんは、相変わらずもこもこの白い羽毛が愛らしかった。

「有栖さーん！　お元気でしたかー！」

「太喜さん。お久しぶりです」

「おじちゃん、大声出すなよ。恥ずかしいだろっ」

「広喜《こうき》くんもいらっしゃい！　よく来てくれたね」

振り返った先にいたのは、化け狸一族の釜中《かまなか》太喜と甥の広喜だ。

招待状はまとめて太喜に託したため、広喜に会うのは類の誕生日パーティーを催した一月以来だが、少し見ない間にまた一回り背が伸びた気がする。

「少し遅い到着になってしまってすみません！　いやーそれにしてもいい景色ですねえ。桜もさることながら、こうも美しい女性二人が並んで佇んでいる光景は……！」

「はあ。美しい……ですか？」

「ははは、太喜さん。お気持ちはよーくわかりますが、あまり有栖さんを褒めすぎると……」

「た・い・き・くーん。俺の有栖ちゃんに、何ちょっかい出してるのかなあ？」

日鞠が忠告するよりも早く、有栖の壁になるようにして類が姿を見せた。

数多のあやかしたちがひしめく中、風のように現れた類に、日鞠はもちろん有栖も目を丸くする。

「ちょっかいなんて出してないですけど？　類くんこそ今までどこに行ってたのさ。まさかと思うけど、他の女のあやかしにいい顔してきたんじゃないでしょうねえ？」

「んなわけないし。穂村家に縁がある年長者たちに挨拶回りをしてたんだよっ」

喰い気味に答えた類は、「本当だからね？　嘘じゃないからね？」と素早く有栖の顔を覗く。

「わかっていますよ。先ほど類さんがお綺麗なあやかしさんに親しげに腕を取られていたときも、慣れた様子でにこやかにお断りされていましたから」

「……」

「それは大丈夫なんですが、類さんと他の女性が親しげにしている様子を見たときから、なぜだか胸の奥がぎゅうっと苦しい心地がするんです」

「……」

「今もこうして類さんと視線を合わせていると……胸の中が少しだけもやもや……ざわざわ……むかむか……？」

「……ごめん日鞠ちゃん。ちょっと有栖ちゃんをお借りします……！」

元来類は、人の機微に聡い。有栖の言葉に隠された、「大丈夫」で済まされない感情を嗅ぎ分けたようだ。

美しい桜の下で真っ青になった類は、恋人の有栖の手を取ると、それこそ疾風の如く去っていった。

しかしながら当の有栖は、なぜ類が慌てているのか理解できていない様子だったが。

「太喜さん……もしかすると今の有栖さんは、やきもちを焼いていたんでしょうか……？」

「有栖さん本人は、どうやら気づいていなかったみたいだけどねぇ。初恋なんだし無理もない。類の奴がしっかりフォローしてくれればいいけど、あいつも有栖さんに関しては若干ポンコツだもんなあ」

「おじちゃんさ。他人様《ひとさま》の恋愛事情に首突っ込んでる暇とかあるわけ？」

「広喜……それは言っちゃいけないお約束……」

しょんぼり萎《しお》れてしまった太喜に、日鞠は慌てて励ましの言葉を送る。

力なく笑う太喜は、去り際に思い出したようにこちらに向き直った。

「そうだ危ない。忘れるところだった。これ、日鞠さんに渡したくて持ってきたんだ。受け取ってね」

「わっ、可愛い、狸のぬいぐるみ……！」

朗らかな笑顔で渡されたのは、手触りのいい布地で作られた狸のぬいぐるみだった。赤い殿中《でんちゅう》をまとい、頭の上には木の葉を乗せている。

「すごい。もしかしてこのぬいぐるみ、手作りだったりしますか？」

「当たり。可愛い可愛い我が甥っ子をモデルに作ってみたんだ。僕ってば意外と手先が器用でね」

「俺がモデルになってるからには、ちゃんと丁重に扱えよ。部屋の片隅で埃まみれにしたら許さねーからな！」

少し照れくさそうに忠告する広喜に、日鞠は笑顔で頷く。

相変わらず仲の良い凸凹《でこぼこ》コンビの背中を見送ったあと、日鞠は自身の鞄の中をそっと覗き込んだ。そして、喜びと驚きと、少しの困惑が織り交ざった呟きを漏らす。

「これは全部、鞄の中に入るかな……？」

実は先ほどから話を交わしにやってくるあやかしたち全員から、各々小さな贈り物を受け取り続けていた。

紫陽花《あじさい》の髪飾りに始まり、文車妖妃の手製の栞《しおり》、五徳猫のレシピノート、深雪としーちゃんからは雪の結晶を模したイヤリング、木の子の木の実で作られた森のオブジェなどなど。

皆一様に「何気ない」風で渡してくれているのだが、こうも続くということは偶然ではないのだろう。

もしかすると、わざわざ今日の日のためにみんなが計画してくれていたのかもしれない。

「日鞠」

「孝太朗さん。おかえりなさい」

あやかしたち一人一人のもとを回っていた孝太朗が戻ってきた。

笑顔で迎える日鞠の手荷物に気づいたのか、孝太朗の目が僅かに見開かれる。

「随分と荷物が増えたな」

「はい。あやかしのみんなが、わざわざプレゼントを用意してくれたみたいなんです」

日鞠は微笑みながら、受け取ったプレゼントをひとつずつ紹介していく。

この一年で出逢ったみんなからの思いのこもった贈り物は、触れるだけで出逢った当時の思い出が自然と思い起こされるようだった。

「それでこちらが、貘のおじいちゃんからいただいた、快眠できる枕です。手触りがとてもいいんですよね。適度な硬さもあって、私の首のラインにぴったりだそうで」

「眠る人間を山ほど見てきた貘らしいな」

「そうですね。けれど、どうしてみんなこんな素敵なプレゼントを贈ってくれたんでしょう。

今日のお花見に対するお礼でしょうか」

「……それもあるが、それだけじゃねえだろうな」

ぽつりと告げた孝太朗に、日鞠は首を傾げる。

何か思い当たる節があるのだろうか。

「孝太朗どの！　日鞠どの！」

「あっ、豆ちゃん！　いらっしゃい！」

息を切らしながら現れたのは、水色の着物に高めの下駄、大きなわら笠を被った豆腐小僧の豆太郎だった。

直前まで仕事が入っており、少し遅れるかもしれないと事前に連絡があったのだ。

「このたびはお招きいただきありがとうございます。時間に遅れてしまい大変恐縮にございます……！」

「問題ない。宴はまだ始まったばかりだ」

「お仕事お疲れさま。向こうに孝太朗さん特製の薬膳茶《やくぜんちゃ》もあるんだよ。一緒に選びに行こうか」

「あ、あ、それはぜひありがたく頂戴したいのですが、その前に！」

頬をピンク色に染めた豆太郎は、背負った木箱から何かを取りだした。

差し出されたものに、日鞠は目を丸くする。

「豆ちゃん、このお豆腐は？」

「ううう、申し訳ございません。日鞠どのを喜ばせることができるものを、懸命に懸命に考え抜いたのですが」

大きな瞳を潤ませながら差し出されたものは、豆太郎のトレードマークでもある、紅葉模様の刻まれた豆腐だった。

白い表面には傷ひとつなく、瑞々しい光を放っている。

「日頃からお世話になっている日鞠どのには、感謝してもしきれません。他のあやかしの皆さまと同様、日鞠どのに喜んでいただける特別なものをと考えに考えたのですが、結局わたくしにはこの豆腐しか思いつかず……！」

「このお豆腐を、私のために作ってくれたの？」

感動が滲む日鞠の問いかけに、豆太郎がはっと顔を上げた。

こちらを見上げる瞳から陰りが消え、みるみるうちに希望の光が満ちる。

「豆ちゃん。私ね、豆ちゃんのお豆腐がとっても大好きだよ。いつもお豆腐に一途に向き合ってきた、豆ちゃんの努力と愛情がたっぷり感じられるから」

「日鞠どの……」

「このお豆腐を食べると思い出すんだ。この街に来て、薬膳《やくぜん》カフェの二人以外で初めて出逢ったあやかしさんが、豆ちゃんだったなあって。可愛くて、ひたむきで、優しくて……新参者の私のことを笑顔で受け入れてくれたよね。それが私、本当に嬉しかったし、大きな心の支えになったの」

差し出された豆腐を、満面の笑みで受け取る。

「一年前、私と出逢ってくれてありがとう豆ちゃん。これからもどうぞよろしくね」

「……はい！　こちらこそ、末永くよろしくお願いいたします！」

大きな瞳からこぼれ落ちる涙の粒を、豆太郎がぐしぐしと着物の袖で拭う。

傍らで話を聞いていた孝太朗は、豆太郎にハンカチを差し出した。

「お前の豆腐の良さは、何より俺が認めている。中途半端な心で作られたものを店のメニューとして客人に出すほど、俺は心が広くはねえぞ」

「孝太朗どの……恐縮で、ございます……っ」

ハンカチを押し当ててもこぼれ落ちる涙は、温かい嬉し涙だ。

頬を紅潮させて嬉しそうに微笑む豆太郎を見つめながら、日鞠はさっそく豆腐を頬張った。

「うん。やっぱり、豆ちゃんお手製のお豆腐はとっても美味しい。作りたてだからかな、いつもよりさらに大豆の風味があるね。まろやかでコクがあって……！」

「そうでしょうか、そうでしょうか！　日鞠どのに献上するべく不肖《ふしょう》豆太郎、今持つ全身全霊をもってこちらの豆腐作りに取りかからせていただきました故！」

「本当にありがとう、豆ちゃん。……それにしても、どうして今日はみんなから、こんなにたくさんの贈り物をもらっているのかな？」

瞬間、嬉しそうに頬を桃色に染めていた豆太郎が、ピシッと石のように固まる。

「そういえばさっきの豆ちゃんも、他のみんなの贈り物のことを知っていたみたいだったよね」

「あ、い、う、え、ええっと。それはですねそれはそのあの！」

顔色をすっかり変えた豆太郎は、盛大にうろたえる。

慌ててフォローしようとした日鞠の耳に、「豆腐小僧！　ここにおったか！」と聞き馴染みのある少女の声が届いた。

振り返ると予想どおり、薄桃色の着物を揺らした紫陽花《あじさい》がこちらへと駆けてくる。

「まったく、このわらわを探しに走らせるとは、お主も随分と偉くなったものじゃのう」

「ぴえっ！　これはこれは紫陽花《あじさい》どの！　大変申し訳ございません！」

「紫陽花《あじさい》。こいつはつい先ほど到着したばかりだ。勘弁してやれ」

「ええもちろんにございます！　孝太朗さまがそう仰るのでしたら！」

豆太郎を睨んでいた紫陽花《あじさい》は、ころっと愛らしい笑顔を浮かべた。

驚きの変わり身の早さに、日鞠は小さく苦笑をこぼす。

「すみません紫陽花《あじさい》さん。私も豆ちゃんとついつい話し込んでしまって。何か用事があったんですか？」

「左様。先日のあやかしの会合で語り明かした『例の』投票結果、この場でそろそろ発表してもいい頃合いかと思うてのう」

「あ、紫陽花《あじさい》どの……っ！」

「例の、投票結果？」

首を傾げながら復唱した日鞠に、周囲のあやかしたちが一斉にざわついた。

あやかしたちの視線が集まり、中には「おお、ついにか」「ついについに、結果が公表されるようじゃぞ」という声も届く。

咄嗟に傍らの孝太朗を見上げた日鞠だったが、その様子は普段と変わらないようだった。

「豆太郎じゃ！　あやつが来たということは、いよいよ例の結果が公表されるのだな！」

「孝太朗さまと日鞠さまも揃っておられる。まさに発表にはうってつけの場じゃな！」

「豆太郎。さあさあ早く、我々の総意をお伝えしようぞ！」

「さあ！　さあ！」

「ええっと。事情はよくわかりませんが、皆さんどうぞ落ち着いて……！」

「――お集まりの皆さまっ‼」

あやかしたちの熱気が最高潮に達したとき、豆太郎が突然叫んだ。

その声は、辺りのあやかしたちだけでなく、彼らを宥めようとしていた日鞠をも圧倒した。

そして声の主、豆腐小僧の豆太郎は、口を真一文字に引き締め、周囲の者たちをぐるりと見渡す。

「先日この場で行われた会合から端を発し、皆さまからもらい受けた投票用紙！　あれらはすべてこのわたくしが、責任を持って破棄させていただきました‼」

「……な、なんじゃとおおお⁉」

少しの間を置き、周囲には大混乱の渦が巻き起こった。

その様子に、日鞠はぽかんと口を開く。

話を整理すると、どうやら先日行われたあやかしたちの会合で、何かの投票が行われることとなったらしい。

その投票結果の集計を任されていたのが豆太郎だったが、集め終えたそれを豆太郎が破棄してしまった、ということか。

突然の豆太郎の告白に混乱したあやかしたちの中からは、徐々にブーイングを発する者も出始める。

状況を見かねたらしい孝太朗が何かを口にしようとするが、それを待たずして豆太郎はさらに言葉を続けた。

「勝手に判断を下したことにつきましては大変申し訳なく思っております！　しかししかし！　わたくし、気づいたのです！」

「ま、豆ちゃん？」

「日鞠どのには、ウエディングドレスも、白無垢も、どちらのお姿もとてつもなくお似合いになられるであろうことに‼」

「……」

「そして！　その晴れ姿の衣装を選ぶのは決して我々ではない！　日鞠どのご自身であるということに……‼」

「……」

……え、私？

豆太郎の口から飛び出したのは、確かに日鞠の名だった。

目を丸くしている日鞠に対し、熱い演説を終えた豆太郎はふうう、と詰めていた息を吐き出す。

その瞬間、辺りのあやかしたちから、割れんばかりの拍手が沸き上がった。

「豆腐小僧！　よう言った！　お主の言うとおりじゃ！」

「確かに、花嫁衣装をどうするかだなんて、わたしたちが決めることじゃないわ！　すべては日鞠さまが、ご自身で決められることよね！」

「我々ときたら、先日の報せに熱くなりすぎておった！　よう言ってくれたぞ、豆太郎！」

「っっ、あ、あ、ありがとうございますううう……！」

鳴り止まない拍手の嵐に、豆太郎は顔を真っ赤にしながらぺこぺこと頭を下げる。

いまだに状況についていけていない日鞠に、孝太朗のため息の気配が届いた。

「どうなることかと思ったが、落ち着く場所に落ち着いたらしいな」

「孝太朗さん、これは一体、何がどうなってるんでしょう……？」

「先日開かれたあやかしたちの会合で、こういう話が議題になったと聞いた。お前の花嫁衣装は、ウエディングドレスと白無垢のどちらが似合うと思うか――となし」

「……へっ⁉」

孝太朗に告げられた事実に、日鞠はぽんと顔が熱く燃える心地がした。

自分の花嫁衣装についての議論が、いつしか対立を呼び、最終的には街のあやかしたち全員の意見を集計する決戦投票にまでなったらしい。

その集計係を任じられたのが、普段から御用聞きとして駆け回っている豆太郎というわけだ。

「あ、あれ？　それじゃあもしかして、前に豆ちゃんがカフェでばらまいてしまったあれが、その投票用紙だったんでしょうか」

「俺はそれを見ていねえが、十中八九そうだろうな」

「あ！　じゃあまさか、前に子河童たちや菊蔵さんがお話ししていた、洋装と和装のどちらが似合うかというあの話もっ？」

「今回の話の延長線上の話だろうな」

「そ、そうだったんですね」

淡々とした孝太朗の答えに、日鞠はますます顔の熱が上がっていくのを感じる。

街のあやかしたちがそんな話をしていただなんて、思ってもみなかった。

彼らにとっては、気まぐれに催されたイベントのひとつだったのだろう。

それでも、そんな風に盛り上がってくれることが、自分の存在を認めてもらえていることの証明のように思え、素直に嬉しく思う。

そのとき、背後から「どうやらこっちも、いい具合に落ち着いたみたいだねえ」と声がかかる。

振り返ると愉しげな笑みを浮かべた類が、有栖とともに花見会場に戻っていた。

どうやらこちらの二人も、無事話し合いを済ませたようだ。

「豆ちゃんの熱い訴え、神社の裏側までしっかり聞こえてきたよ。あの豆ちゃんが、こんな大勢を前に毅然と意見するとはね」

「それだけ豆太郎さんが、日鞠さんのことを心から慕っていらっしゃるということですね」

二人の言葉に、今もあやかしたちからの拍手に慌てふためいている豆太郎を見つめる。

先日豆太郎とカフェで交わした、何気ない会話。

あのときの日鞠の想いを守ろうとして、こんなに大人数のあやかしたちを前に自身の意見を伝えてくれた。その気持ちが、胸の奥にじんわりと沁みていく。

こんなに優しい人たちに囲まれて、自分はなんて幸せ者なんだろう。

「それだけ、みんな日鞠ちゃんのことが大好きだってことだよ。……それで？　孝太朗はウエディングドレス姿の日鞠ちゃんと白無垢姿の日鞠ちゃん、どちらをご所望だったりするのかな？」

「ちょ、類さんっ⁉」

しれっと問いかける類の暴投変化球に、滲んでいた涙も引っ込んでしまう。

にこにこ笑顔で放たれたその言葉は、周囲のあやかしたちがぴたりと動きを止めるほどの威力があった。

大衆の視線はもちろん、質問を投げかけられた孝太朗へと注がれる。

「ま、待ってください！　前提として何ですかその質問っ！　まるで孝太朗さんと私の結婚が決まっているかのような……！」

「いやいや、これは単なる一般的な質問だよー。それに日鞠ちゃんだって、孝太朗にどんな花婿《はなむこ》衣装を着てほしいか、考えたことがあったりするんじゃない？」

「そ、それは……」

類の言葉に、日鞠の胸がどきりと音を鳴らす。

何せ以前豆太郎と交わした会話の中で、花婿姿の孝太朗をしっかりと想像していたからだ。

孝太朗の花婿衣装。

真っ先に想像できたのは、シルバーのタキシード姿。

そして続けざまに思い描いた、紋付き羽織袴姿。

どちらの孝太朗も、いつもの凛とした空気がさらに増して、本当に格好よくて、きらきらと眩しかった。

「おい類。俺へのからかいをこいつにまで飛び火させんなよ」

空想の世界に飛んでいた日鞠は、きっぱりした孝太朗の声にはっと我に返った。

いけないいけない。

仮定の話を真に受けて頬を赤くしていては、孝太朗にも迷惑がかかる。

「はは。ごめんごめん。でも俺的には結構気になるところだったからさ」

「重要なのは何を着るかじゃない。誰が隣にいるかだろう」

告げられた言葉は、その場にいる者たちの浮ついた空気を一蹴した。

「自分と相手が、一生共に生きることを心から願い、誓い合う。それだけで俺は充分だ」

「こ、孝太朗さ……」

「それにだ。ウエディングドレスだろうが白無垢だろうが、こいつに似合わないはずがねえだろ」

「……！」

日鞠は口元をぱっと両手で覆った。

春の風が辺りを吹き抜け、桜の木々を優しく揺らす。

そんな中で日鞠は、ただただ逸る自身の胸の鼓動だけを聞いていた。

違う違う。これは別に深い意味のない、ただのたとえ話だ。

だから落ち着いて、落ち着いて——

そう何度も自分自身に言い聞かせるも、それはすべて無駄な抵抗だった。

類や他のあやかしたちに何やら言葉をかけられたあと、孝太朗は日鞠のほうへと振り返る。

ああ、大好きだ。

この真っ直ぐな眼差しが、揺るぎない強さを秘めた瞳が、ずっとずっと大好きだった。

「日鞠」

自分の名を呼ぶ声が、鳴り響いて止まない心臓の音さえ忘れさせる。

「こっちに来い。話したいことがある」

「……はい」

夢現《ゆめうつつ》な心地で、日鞠はこくりと頷いた。

差し出された大きな手のひらにそっと手を乗せると、孝太朗はそれを優しく包み込んでくれた。


気づけば太陽は徐々に傾き、空は眩しい橙色に染まりつつあった。

花見会場から離れた二人は、桜の木が続く神社裏の細道を進んでいく。

孝太朗に繋がれた手に意識を向ける。

自分の手よりも少し冷たいと感じるのは一瞬で、すぐに温もりは馴染んでいき、最後にはまるで最初から同じ体温だったかのように溶け合っていた。

風に揺れる木々から、薄桃色の花弁がふわふわと舞い落ちる。

進む道の先には、類が貸し出してくれた狐火が、まるで二人を見守るように灯っていた。

温かくて柔らかい、あやかしの彼らの優しさを思わせるような光だ。

「孝太朗さん。その、先ほどはうまく言葉を返すことができず、すみませんでした」

なかなか収まってくれない胸の鼓動を感じながら、日鞠は思い切って口にした。

「なんの話だ」

「類さんからの言葉に私、つい固まってしまって。いつもの冗談だってわかっているのに、結局孝太朗さんに助け船を出してもらうことになってしまいましたから。だから、その」

「俺は、冗談を適当にあしらったわけじゃねえぞ」

繋がれた手に、ほんの少しだけ力がこもる。

辿り着いた先は、円状に開かれた小さな広場だった。

視線を上に向けると、微かに瞬きはじめた星空が丸く切り取られ、広場の中央には木製の祠《ほこら》のようなものが佇んでいる。

空気が凛と澄んだその場所に、日鞠は自然と背筋が伸びる心地がした。

「孝太朗さん、この場所は」

「先代の山神たちが祀《まつ》られている祠だ。山神の地位を継承した者が許した場合にのみ、立ち入ることができる」

「先代の、山神さま……」

つまりそれは、孝太朗の亡き父親もここに眠っているということか。

「通常の墓は別にあるが、代々の山神の拠り所として密かに祀られている場所だ。この存在を知る者は多くない」

「そうなんですね。そんな大切な場所に、私も踏み入っていいんでしょうか」

「問題ない。お前を連れてきたのは俺だ」

そう言うと、孝太朗は日鞠の手を繋いだまま祠の前へと進み出た。

祠に真っ直ぐ向き直ると、孝太朗は頭を下げる。その美しい所作を目にして、隣に並んだ日鞠も同様に頭を深く下げた。

以前、獏のおじいちゃんの夢水晶の中で耳にした、孝太朗の声ととてもよく似た声が脳裏をよぎる。

今ならわかる。あの声はきっと、孝太朗の亡き父のものだった。

孝太朗の母を心から愛し、授かった孝太朗の誕生を待ちわび、孝太朗が生まれる前に亡くなった、先代の山神。

低く落ち着いた声色だったが、その口調は孝太朗よりもやや砕けていた印象が残っている。

――孝太朗さんのお父さん。

――息子さんはたくさんの人やあやかしたちに慕われている、とても素敵な男性です。

――孝太朗さんと出逢わせてくださって、本当にありがとうございます。

そう心の中で語りかけ、日鞠は目を開いた。少しの間を置いて、伏せていた孝太朗のまぶたもゆっくりと開かれる。

視線が合い、二人は微笑み合った。

「いつかお前とともに、ここに来たいと思っていた」

祠に視線を戻した孝太朗が、静かに口を開く。

「この場所に来たからといって、先代の声が聞こえるわけじゃない。それでもここに来るだけで、いつも自然と心は癒やされた。今はなくなった表の神社には、いつも笑顔で見守ってくれていたお前のばあさんとの思い出もある。この場所は俺にとって、特別な場所だ」

「はい」

「お前に求婚するなら、ここしかないと思っていた」

「……、……へ？」

少しの沈黙のあと、日鞠は間の抜けた声を漏らす。

そんな日鞠に注がれる孝太朗の眼差しは、強く、柔らかく、何より温かかった。

「日鞠。俺はこれからも、命ある限りこの地を治め続ける。この地に息づく者たちが幸福に、平穏に暮らせるように。その心の寄る辺に、この俺自身がなれるように」

ふわり、と優しく流れる風に、見覚えのある光の粉が舞うのが見える。

きらきらと瞬く光はやがて周囲に溢れ、ヴェールのように視界を覆っていった。その向こう側に立つ孝太朗の姿に、鼓動が速くなる。

腰に届くほどの長髪に、天を衝《つ》くような黒い獣耳。春風に揺蕩う黒い尻尾に、黄金の刺繍が施された眩いばかりの着物。

この地を治める者——山神としての孝太朗の姿がそこにあった。

目を見張る日鞠に微笑を浮かべた孝太朗は、やがてまた普段の人間の姿へと戻っていく。

「ただでさえそんな面倒なさだめを持つ男だ。お前の隣に立つ存在が自分でいいのかという考えは、ずっと胸の底にあった。お前のことを思うのなら、今からでも手を離すべきなのかもしれないという考えも」

「そ、そんな……！」

「ああ。全部無駄だったな」

広場を囲うように植わった桜の花弁が、一斉に辺りに舞った。

同時に伸びてきた孝太朗の腕が、日鞠の身体をふわりと包み込む。

「お前がいない日常なんてもう考えられねえ。お前が俺から離れることも、他の男と幸せになることも……想像するだけで胸が苦しくなる」

「こう、たろうさん……」

「自分がここまで狭量だとは思わなかった。情けねえな」

「っ……、ばか！」

そう声を上げながら、日鞠も自身の腕を孝太朗の背に回す。

「『離れるんじゃねえぞ』って……前に孝太朗さん、言ってくれたじゃありませんか。お母さんの形見だって、私、何の覚悟もなしに受け取ったわけじゃありません……！」

「日鞠」

「他の人との未来なんていらない。孝太朗さん、私は、ずっとずっとあなたと一緒に……っ」

「結婚してくれ、日鞠」

目尻にたまっていた雫が、ぽろりと日鞠の頬を伝う。

涙をそっと拭われ、孝太朗の両手が日鞠の両頬に添えられた。

孝太朗の美しい瞳の中に、自分の姿が見える。

「俺がお前を幸せにする。生涯お前のことを愛し、守り続ける。これから先どんなことがあっても、お互いがじいさんやばあさんになっても、ずっとだ」

「孝太朗、さん……」

「日鞠。俺は生涯お前とともにありたい。他の誰でもない、お前とともに」

紡がれた言葉とともに差し出されたものに、日鞠ははっと息を呑む。

開かれた小箱の中には、シンプルなシルバーの指輪が眩く光っていた。

「考える時間が必要ならいくらでも待つ。何日でも、何ヶ月でも、何年でも。……どのみち逃がすつもりは毛頭ねえが」

「っ……」

「受け取ってくれるか」

「……はい……！」

再び溢れ出す涙をそのままに、日鞠は孝太朗に笑顔で頷く。

その返答に孝太朗は表情を和らげると、日鞠の左薬指に指輪を差し込んだ。

触れた瞬間僅かに感じた冷たさが、徐々に日鞠の体温と馴染んでいき、やがてひとつに溶け合っていく。

それはまるで、大好きな孝太朗の手の温もりを思わせるようだった。

「大きさは問題ないか」

「ぴったりです。孝太朗さんが指輪を用意してくれていただなんて……思いもしませんでした」

「類からの助言だ。本気で日鞠に求婚する気なら、指輪のひとつも用意しなけりゃ話にならねえと」

「そ、そうだったんですか。類さんが」

つまり類には、今回のことを事前に知られていたということか。

照れくささに、日鞠の頬がぽっと熱くなる。

「類だけじゃない。どうやら街のあやかしのほとんどに、今回の求婚は知られていたらしい」

「……えっ」

続けられた話によると、先日の会合でもたらされた『報せ』は、どうやら孝太朗が求婚の準備をしているという内容だったらしい。

それによりあやかしたちは一気に祝賀モードに突入し、ウエディングドレスか？　白無垢か？　といった激論が生まれるに至ったのだという。

「それじゃあもしかすると、今日花見の席で受け取ったたくさんの贈り物は……」

「ただの贈り物じゃない。街に棲まうあやかしが、山神の婚姻に賛同することを証する、『祝賀《しゅくが》の証《あか》し』だ。贈られたもののひとつひとつに、贈り主の妖力が込められている」

孝太朗の言葉に、先ほど贈られた数え切れないほどのプレゼントと、自分に向けられた笑顔が思い出される。

この街に来てから出逢い、時に語らい、時に励まされ、大きな力になってくれた大切な友人たち。

今回の求婚を知って、全員が祝いの気持ちとともに贈り物を用意してくれていた。

孝太朗と日鞠のために。

「孝太朗さん……私、とてもとても幸せです」

「ああ。俺もだ」

「私、もっと頑張りますね。孝太朗さんの隣に生涯いても恥ずかしくない、素敵な女性になれるように」

「お前は、お前のままでいい」

再度優しく抱きしめられると、頭を孝太朗の大きな手のひらがそっと撫でる。

どちらからともなく寄せられた唇は、やがてふわりと優しく重なった。

名残惜しげに唇が離されたあと、互いの隙間をなくすように抱きしめ合う。

桜の花吹雪は、二人の前途を祝福しているかのように美しかった。

「そろそろ戻るか」

「そうですね。きっと類さんたちも、今か今かと待ってくれていますから」

「いや。あいつは俺をからかう文言を嬉々として考えているだけだ」

面倒くさそうに顔をしかめる孝太朗に、日鞠はくすくすと笑みをこぼす。

指を絡ませた二人は、今一度祠に向き直り拝礼した。

どうか自分たちの前に伸びる未来への道を、いついつまでも見守ってほしいと。

夜桜に見送られる中、二人はもと来た道を戻っていく。

左薬指に感じる誓いの印が、日鞠の胸を甘くくすぐった。

「実は最近、孝太朗さんの様子がいつもと少し違うと感じることがあったんです。このことが理由だったんですね」

「これでも悟られないようにしていたつもりだったがな。お前も随分と聡くなった」

「それはそうですよ。私は世界中の誰よりも、孝太朗さんのことが大好きなんですから」

さも当然のように答えた日鞠に、繋がれた孝太朗の手がほんの僅かに反応する。

「……近々、お前のご両親に挨拶をしにいく。顔を合わせるのはこれが初めてだからな。筋を通すのは早いほうがいい」

「うちの両親ならきっと大丈夫ですよ。家族の中で一番しっかり者の日凪太が、孝太朗さんのことを認めてくれているんですから」

日鞠は幼いころに、実の両親と祖母を亡くした。その後、新しい家族となった義両親は、弟の日凪太と同様、深い愛情をもって日鞠を育ててくれた。

突然の報せに驚くかもしれないが、きっと心から祝福してくれるだろう。

「交際を認めることと結婚を認めることは、まったく別ものだと思うがな」

「大丈夫です。たとえ結婚できなくても、私の気持ちは何も変わりませんから」

こちらに視線を向ける孝太朗へ、日鞠はふわりと笑みを浮かべる。

「大好きです。孝太朗さん」

「ああ」

「今でも、一緒にいるだけでどきどきするくらい……大好きです」

「……そうか」

「孝太朗さん」

「なんだ」

「ふふ。呼んでみただけです」

「お前な」

いたずらっ子のように笑う日鞠を、孝太朗がぐいっと引き寄せる。

そして優しく交わされた口づけのあと、がぶりとかぶりつくように唇を甘噛みされた。

突然の甘い反撃に、日鞠の心臓が大きく跳ねる。

「っ、こ、孝太朗さん……！」

「俺は山神である前に狼だからな。あんまり無警戒だと、喰《く》っちまうぞ」

「……！」

鼻先が付く距離でにやりと笑った孝太朗に、日鞠はかあっと頬が熱くなった。

惚れたほうが負けとはよく言ったものだ、と日鞠は思う。

「もう。幸せすぎて、少しだけ浮かれてただけですよ」

「お前があまり可愛すぎるのが悪い」

「……えっ」

「生涯をともにする言質《げんち》も取ったことだしな。我慢のたがも外れやすくなるだろうから、覚悟しておけよ」

「の、望むところです！」

何か吹っ切れたような顔をする孝太朗に、日鞠も慌てて声を張った。

「それに私、嫌じゃありませんから。だから大丈夫です。孝太朗さんにならら、その、たとえ美味しく食べられてしまっても」

「……」

「……孝太朗さん？」

「……はあ」

ため息⁉

あまりにはっきりと聞こえたそれに、がーんと衝撃の音が鳴る。

「お前な……こっちがどれだけ我慢してきたと思ってんだ……？」

「え、え？」

「何でもねえよ。惚れたほうが負けってやつだと思っただけだ」

「わ。すごい！　私もついさっき、まったく同じことを思っていました……！」

「……似た者夫婦ってことか」

ふっと口元にのぼった微笑とともに、頭を優しく撫でられる。

これからも続く人生を、こんなにも愛する人の隣で過ごすことができる。それがこの上ない幸福なのだと、心の底から思える。

やがて二人は花見会場へと辿り着く。

うずうずと待ち焦がれていた様子の類や有栖を筆頭に、多くのあやかしたちが一斉に駆け寄ってきた。

笑顔に溢れた神社跡に一際強い春風が過ぎ去り、誘《いざな》われたように花吹雪が舞う。

大切な人々との縁《えにし》の糸に導かれて辿り着いた街と、妖しくも温かな友人たち。

これからも愛しい人とともに紡いでいく未来に想いを馳せながら、日鞠は溢れる祝福の中へ飛び込んでいった。

エピローグ

花見の日から数日後。

自宅に届けられた大きな箱の中身に、日鞠はもちろん、家に遊びに来ていた有栖も目を丸くした。

箱に収められた、きらきらと光り輝く白い布地。洋裁に詳しくない日鞠にもわかる、繊細で上質な布地を恐る恐る持ち上げる。

そして徐々に姿を現した贈り物の正体に、日鞠は今度こそ息を呑んだ。

「こ、これは……もしかして……」

「ウエディングドレスですね……！　とても、とても素敵です！」

まだ事態を呑み込めない日鞠に代わって、有栖が声を弾ませる。

有栖の言うとおり、日鞠に贈られてきたものは純白のウエディングドレスだった。

陽の光を美しく反射させる白の布地はウエスト部分から切り替えられ、ふわりと華やかに広がっている。

細かな刺繍が施されたレースが重ねられ、肩から肘までを真っすぐに覆うようになっていた。

ドレスの下のボリュームを支えるパニエも、細かな段差で象られたシルエットがとても美しい。

「こんなに素敵なウエディングドレスを、一体誰が……？」

「日鞠さん。この手紙が、ドレスと一緒に入っていましたよ」

有栖が拾い上げた手紙を受け取り、慌てて開封する。

そこには、贈り主であるあやかしの橋姫、凛姫《りんひめ》の名があった。

凛姫は、この街のとある橋に宿るあやかし。

その橋から離れることが叶わず、先日の花見には参加することができなかった。

そのため花見当日は、用意していた花見料理のいくつかを、何とか頼み込んだ茨木童子に届けてもらった経緯がある。

そういえば、頼み込むときに茨木童子がぼやいていたことを思い出す。

あいつは今『とある作業』に没頭している様子だったから、そんな気遣いは不要だと思うがなあ——と。

「それにしても、このドレスは本当に素晴らしいです。恐らくではありますが、これはどれも一から手づくりされたものですよ」

「て、手づくり⁉　ウエディングドレスって手づくりできるんですか……⁉」

しげしげとドレスの仕立てを眺める有栖に、日鞠は手紙の続きに視線を落とす。

その手紙には、大よそこのようなことが認められていた。

凛姫は今回の花見の席に持参する贈り物として、日鞠宛ての手づくりウエディングドレスを作成したこと。しかし、予想以上に制作期間が膨らみ、どうしても当日に持っていけなかったこと。花見当日にウエディングドレス・白無垢論争で何らかの決着があったことは、茨木童子からすでに聞き及んでいること。

しかしながら、このドレスは凛姫の『祝賀《しゅくが》の証《あか》し』でもあるため、どうか受け取ってほしいこと――

「凛姫さん……」

達筆な文面に込められた想いに、日鞠は胸がいっぱいになる。

もとより凛姫は美しい着物を長年収集するほど、自身の美しさを際立たせる装束に並々ならぬこだわりを持っている。

恐らくは、日鞠により似合うドレスのデザインを、一から考え抜いてくれたのだろう。

今思えば、花見の招待状を渡しに赴いた際に凛姫から抱擁を受けたのも、ドレス制作を見据えてのことだったのかもしれない。

「それだけ、日鞠さんのことを大切に想ってくださっているんですね」

「はい……本当に、ありがたい限りです」

「それでは、さっそくこのドレスを着てみなければいけませんね」

「はい……、……え？」

手紙に落としていた視線を、日鞠が慌てて上げる。

そこには凜姫と同様、まとう服に並々ならぬこだわりを持つ有栖が、きらきらと瞳を輝かせていた。

「わあ……日鞠さん、とってもとってもお似合いです！」

「そ、そうでしょうか。腕のあたりがすーすーして、何だかそわそわしてしまいますね」

歓喜に沸く有栖の言葉に、日鞠は頬に熱が上るのを感じる。

慣れない格好に戸惑う日鞠をよそに、有栖は目を凝らすようにじっくりと日鞠のウエディングドレス姿を見つめていた。

「着丈やサイズも驚くほどにぴったりです。何より、日鞠さんの持つ柔らかな雰囲気にとてもよくお似合いで。凜姫さんは洋裁の才もお持ちなんですね」

「そうですね。ええっと、それじゃあそろそろ脱ぎましょうか。このまま動き回って汚れてしまっても困りますし……！」

「いいえ。日鞠さんはこのまま、待っていてください」

「有栖さん？」

問答無用で言い放った有栖に、日鞠は目をぱちくりさせる。

「こんなに素晴らしいドレス姿を見たからには、ヘアメイクもドレスに一等似合うよう整えなければ私の気が済みません。自宅からメイク用品を持ってきます」

「自宅からって……えっ、有栖さん？」

確かに今の日鞠は普段どおりの薄化粧に、髪は取り急ぎクリップで後ろにまとめただけだ。とはいえ、試着するためにそこまでの準備は不要ではないかとも思う。

「このウエディングドレスに最も似合う髪飾りは……、日鞠さんのドレス姿が一等引き立つメイク……、折角ですからドレスに合わせるブーケも……」

「あ、あ、有栖さん。ちょっと落ち着いて。そんなに無理をしなくても、じきに孝太朗さんや類さんも帰ってきますし」

「そうですね。では、タクシーを捕まえて超特急で行ってきます。日鞠さんは少しだけ待っていてください。すぐに戻ってきますので」

「あ……！」

どうやら有栖のお洒落心に火をつけてしまったらしい。

凛とした空気を全身にまとい、有栖は日鞠宅をあとにした。

追いかけて引き留めたかったが、このドレス姿で往来に出る度胸はさすがになかった。

一人でこのドレスを脱ぐことも、さすがに難しい。

「孝太朗さんたちが戻るまでまだ時間があるはずだから……まあ、大丈夫だよね」

薬膳《やくぜん》カフェが休日の今日、孝太朗は類とともにカフェ関連の買い出しに出ていた。

玄関から自室へ戻った日鞠は、どきどきと逸る心臓を感じながら姿見を覗き込む。

「本当に……素敵なウエディングドレス……」

窓から降り注ぐ陽の光が純白のドレスに反射して、美しく輝いていた。

まるで幸福そのものに包み込まれているような心地に、胸の奥がじんと熱くなる。

「本当に、私は幸せ者だなあ」

姿見に映し出されたウエディングドレス姿の自分に、ゆっくりと左手を伸ばす。

その薬指に輝いた指輪の瞬きに気づき、日鞠は柔らかな笑みを浮かべた。

花見の日に、孝太朗から贈られた指輪。

愛する人からの想いが目一杯に込められた——大切な大切な指輪だ。

——日鞠。

「……え？」

振り返った先にあるのは、見慣れた自室の窓だった。外に広がるのは、いつもと何の変わりもない穏やかな街の風景。

それでも、耳に残された声色には覚えがあった。

引き寄せられるように窓まで歩みを進めた日鞠は、何かに急き立てられる心地で辺りに視線を巡らせる。

そして、薬膳カフェの扉前に佇む人の姿を目に留めた瞬間、大きく息を呑んだ。

——日鞠。久しぶりだねえ。

春の日差しの中できらきらと瞬くその人は、穏やかな笑みを浮かべていた。

——まさか、あの孝太朗くんと結ばれるなんてねえ。昔は二人ともつかず離れずな距離感だったのに、面白いものだねえ。

たおやかな薄紫色の着物をまとい、ゆったりとした白髪は後頭部に結われている。

何より、優しい笑いじわをたたえたその微笑みが、記憶の中のその人とぴったり重なった。

「あなた、は……」

――孝太朗くんは昔から人一倍警戒心の強い子だったけれど、心の優しい子だったからねえ。あの子なら、大事な孫娘を任せることができる。これで、私も一安心だ。

「っ、あ……」

――おめでとう。いつまでも幸せにねえ。日鞠。

「ま、待って！」

優しい微笑を浮かべたその人に、日鞠はぱっと自室を飛び出した。

よく見えない足元でなんとか靴を履き終え、玄関から繋がる外付け階段を駆け下りていく。

そして辿り着いた薬膳カフェ前には、先ほど見た人物の姿はなかった。

どきどきと心臓が胸を叩く。

見間違い？　いや違う。夢や幻ならば、もう数えきれないほどに見てきた。

大好きな大好きな、私のおばあちゃん。

実の両親を亡くした幼い日鞠を引き取り、いつも笑顔を絶やさず、のびのびと育ててくれた。

街のあやかしたちとも分け隔てなく温かな交流を交わし、慕われ、頼りにされていた。

そんな彼女は日鞠にとって自慢の存在であり、憧れの存在でもあった。

もしかするとこの二十二年間、ずっとずっと気にかけていてくれたのかもしれない。

たった一人この世に残してしまった、孫娘の将来を。

「おばあちゃん……私、とてもとても幸せだよ」

「……ひ、まり？」

「えっ」

泣き笑いで呟いた日鞠の耳に、再び聞き馴染みのある声が届いた。

しかしそれは、先ほどの遠い記憶にある穏やかな声ではなく、少し強張った低い声だ。

顔を上げるとそこには、目を見開いたままこちらを見つめる孝太朗の姿があった。

何かに驚愕したようなその表情に、日鞠は慌てて目尻に滲んだ涙を拭う。

「こ、孝太朗さん。早かったですね。買い出しにはもう少し時間がかかるのかと」

「……」

「……孝太朗さん？」

日鞠の言葉にまったく反応を示さない孝太朗に、日鞠は首を傾げる。

直立不動になっている孝太朗の後ろから、息を弾《はず》ませ駆けてくる類の姿も見えてきた。

「もー、急にどうしたのさ孝太朗。日鞠ちゃんたちに何かあったかもしれないって、一体何が……って、え。日鞠ちゃんっ？」

「あっ、類さん。買い出しお疲れさまでした」

「いやいやどうも……じゃなくて！　どうしたの、そのドレス姿！」

「ドレス……」

類の言葉を複唱したあと、日鞠はようやく今の自分の格好に気づく。

店先に慌てて駆け出た日鞠は、純白の美しいウエディングドレスをまとったままだった。

孝太朗の固まった表情の意味をようやく理解し、日鞠の顔がぶわっと一気に紅潮する。

「す、すみません！　あの、違うんです！　贈られてきたウエディングドレスを試着していて、つい先ほどまで大人しく部屋で待っていたんですがっ」

「……」

「突然、覚えのある声が聞こえてきて。嘘みたいなお話なんですが、窓の外を見てみたら、店先に、亡くなったはずのおばあちゃんの姿が……！」

「……なるほどな」

しどろもどろの説明を聞いた孝太朗は、納得したように息を吐いた。

「俺のもとにも、あの人の声が届いた」

「え……、孝太朗さんにも、ですか？」

「ああ。『あの子のことを本当に愛しているのなら、今すぐに家に戻りなさい。急がないと間に合わなくなる』となる」

いつもどこか飄々《ひょうひょう》とした空気をまとっていた彼女のことだ。

恐らくは、日鞠が試着しているドレス姿を孝太朗に見せるために、それぞれに声を届けたのだろう。

ほんの少しのいたずら心を添えて。

「……もう。おばあちゃんってば」

「あの人らしいといえば、らしいな」

次の瞬間、ふふふ、と口元に茶目っ気たっぷりな笑みを浮かべた祖母の姿が、青空に淡く溶けていった気がした。

「そのドレスは、どうした」

「は、はい。橋姫の凛姫さんからの『祝賀《しゅくが》の証《あか》し』の品ということで、先ほど贈られてきたんです」

「そうか」

「は、はい」

「……」

「……」

「……いやいやいやいや。嘘でしょ。俺が口を挟むところじゃないのは重々承知だけど、嘘でしょ。え、それだけ？　日鞠ちゃんのこんな素敵な姿を目にして、感想、それだけ⁉　いくら生まれながらの口下手の無愛想といっても、さすがにそれはないんじゃ――……」

どうやら堪えられなかったらしい類が、エンジンフルスロットルで孝太朗を煽りたてる。

それでも、後方から幼馴染みの顔を覗き込んだ瞬間、類の言葉はぷつりと潰えた。

孝太朗の瞳は、ウエディングドレス姿の日鞠以外、何も映していない。

そして何より、その頬は今まで見たことのないほどに赤く染まっていた。

次の瞬間、類は孝太朗が手にしていた荷物もまとめて引き取ると、日鞠に笑顔を向けて薬膳カフェへ入っていった。

邪魔者は退散するからごゆっくり、という彼らしい気遣いだ。

「……」

「……」

「……えっと。今、有栖さんがメイク用品を取りに、わざわざ自宅に戻ってくださっているんです」

「……」

「だからその、着ているものだけこんなに素敵になってしまって。何だかちぐはぐで、とても恥ずかしいんですけれど……」

「……綺麗、だな」

初めて耳にした、余裕の一切ない孝太朗の声だった。

「どんな服装でも、どんな姿でも、お前なら何も変わらないと思っていたが……どうりで、あの人が急かすわけだな」

「孝太朗、さん……」

視線をそっと持ち上げると、口元を手の平で隠した孝太朗と目が合う。

それでも、垣間見える両頬はやはり真っ赤に色づいていた。

「綺麗だ。今まで目にしてきたすべてのものの中で、一番……綺麗だ」

「……！」

「悪い。今はただ、この言葉しか出てこねえ」

「いいえ、いいえ。嬉しいです。とっても……！」

照れくささを覆うように膨らんでいく、大きな大きな幸福に、胸がいっぱいになる。

こみ上げてくる涙を必死に押しとどめている日鞠に、孝太朗が静かに歩みを寄せた。

「日鞠」

「はい」

「……日鞠」

愛情が目一杯に込められた響きに、頬を涙が伝う。

そっと抱き寄せる孝太朗の腕の中は力強く、優しく、そして温かかった。

「好きだ、日鞠」

「はい……私も、孝太朗さんが大好きです」

「……言っておくがな」

言葉をいったん止めた孝太朗の唇が、日鞠の唇と重なる。

幸せに満ちた甘い感触に、胸がじんと熱くなった。

そっとまぶたを開いた瞬間、孝太朗の凛とした眼差しがこちらを強く射抜く。

「俺の方が何倍も何十倍も、お前に惚れてる」

「さ、さすがにそんなことは、ないかと」

「いや。悪いがこればかりは、譲る気はねえな」

不敵な笑みを浮かべる孝太朗に、日鞠はかあっと顔に熱が集まるのを感じる。

だって、それが本当ならば、孝太朗はどれほど自分を愛してくれているというのだろう。

しかし日鞠には、それに反論する術はない。

孝太朗は、嘘が嫌いなのだ。

「あ、あの。えっと……」

「その格好じゃ、そろそろ身体も冷えるだろう」

「ひゃっ」

次の瞬間、日鞠の身体は軽々と孝太朗に横抱きに持ち上げられた。

純白のドレスがふわりとなびき、春の陽を浴びてきらきらと輝いている。

「こ、こ、孝太朗さんっ？」

「お前にこのまま階段を上らせたら、裾を踏んで転がるのが目に見えてる」

「そ、それは確かに……いやでも、手すりを掴んでいれば問題ないかとっ」

「いいから、大人しく運ばれておけ」

腕の中でどきどきと心臓を逸らせる日鞠に、孝太朗がぴしゃりと言い放った。

「お前を生涯守り続けると言っただろう」

「……！」

「お前は俺の花嫁だからな。逃がしはしねえぞ。覚悟しとけ」

「……はい！」

満面の笑みで頷いた日鞠は、孝太朗の首元にぎゅうっと強く抱き着いた。

孝太朗が外付け階段を上り終えた先には、いつもと変わらぬ街の風景が広がる。

大切な人たちとの思い出の姿が、あちこちに垣間見える街。

これからもきっと、穏やかでかけがえのない日々は続いていくのだろう。無数に繋がり、時に引き寄せ合う、縁《えにし》の糸に導かれながら。

穏やかな街の風景を眺めたあと、二人は自然に視線を交わし微笑みあう。

そんな二人を祝福するように、春の日差しが美しく瞬きながら二人のもとへ降り注いでいた。

●参考文献

小林香里 著、薬日本堂 監修『温めもデトックスも いつもの飲み物にちょい足しするだけ! 薬膳ドリンク』(河出書房新社)
水田小緒里 著『食べものの力と生活習慣で不調をとりのぞく オトナ女子の薬膳的セルフケア大全』(ソーテック社)
武鈴子 著『おいしく食べる! からだに効く! マンガでわかる はじめての和食薬膳』(家の光協会)
杏仁美友 著『薬膳美人 改訂版 もっと薬効もっとカンタン』(マガジンハウス)

●付記

作中に登場する薬膳茶の描写につきまして、効果効能を保証するものではありません。

動画配信で生計を立てている小夏《こなつ》。ある日彼女は、イケメンあやかし主人・糸《いと》が営む、あやかし専門の旅籠《はたご》に迷い込む。糸によると、旅籠の経営状況は厳しく、廃業寸前とのことだった。山菜を使った薬膳料理、薪風呂、癒し系イケメン主人……たくさん魅力があるのだから、絶対に人気になる。そう確信した小夏は、あやかし達に向けた動画を作り、旅籠を盛り上げることを決意。工夫を凝らした動画で宿はどんどん繁盛していき、やがて二人の関係にも変化が——

◉定価：726円（10%税込）　◉ISBN:978-4-434-33468-9　◉Illustration：條

あやかしと人間が共存する天河村《てんかわむら》。就職活動がうまくいかなかった大江鈴《おおえすず》は不本意ながら実家に帰ってきた。地元で心が安らぐ場所は、祖母が営む温泉宿『いぬがみ湯』だけ。しかし、とある出来事をきっかけに鈴が女将の代理を務めることに。宿で途方に暮れていると、ふさふさの尻尾と耳を持つ見目麗しい男性が現れた。なんと彼は村の守り神である白狼『白妙《しろたえ》さま』らしい。「ここは神たちが、泊まりにくるための宿なんだ」突然のことに驚く鈴だったが、白妙さまにさらなる衝撃の事実を告げられて——!?

◎定価:各726円(10%税込み)

●illustration:志島とひろ

時は大正。あやかしが見える志乃は親を亡くし、親戚の家で孤立していた。そんなある日、志乃は引き立て役として生まれて初めて出席した夜会で、由緒正しき華族の橘家の一人息子・桜虎《おうこ》に突然求婚される。彼は絶世の美男子として名を馳せるが、同時に奇妙な噂が絶えない人物で――警戒する志乃に桜虎は、志乃がとある「条件」を満たしているから妻に選んだのだ、と告げる。愛のない結婚だと理解して彼に嫁いだ志乃だったが、冷徹なはずの桜虎との生活は予想外に甘くて……!?

◉定価：726円（10%税込）　◉ISBN:978-4-434-33471-9　◉Illustration：櫻木けい

怠け狐に傾国の美女とか無理ですから！

妖狐《ようこ》後宮演義《こうきゅうえんぎ》

福留しゅん
Shun Fukutome

国を滅ぼすつもりが王子に見初められまして!?

傾国を企む妖狐 × 民のため奔走する王子

主神によって、地上に降り増長した国を滅ぼすよう命じられた、ぐうたらな狐の従属神・末喜《モォシィ》。渋々とお仕事に取りかかろうとしていた彼女は地上で滅ぼすべき国・夏の王子である癸《グィ》と出会い、なんと一目惚れをされてしまう。一度は彼を撒き、夏の後宮へ潜り込んで国を滅ぼす算段を立てていた末喜だが、その後も何かと癸に関わるはめになったり、夏の大王の寵姫として我が物顔に振舞う従属神・妲己《ダァジィ》と争ったりする間に計画はあらぬ方向へ向かい……

異彩の中華ファンタジー、開幕！

◉定価：726円（10％税込）　◉ISBN:978-4-434-33470-2　◉Illustration：トミダトモミ

憎渦巻く後宮で
闘派夫婦が手を取り合う！？

国で虐げられ、敵国である湖紅国《ここうこく》に嫁ぐことになった行き遅れ皇女・翠玉《すいぎょく》。彼女は敵国へと向かう馬車の中で、自らの運命を思いポツリといていた。翠玉の夫となるのは、湖紅国皇帝の弟であり、禁軍将軍である男・紅冬隼《こうとうしゅん》。翠玉は、愛されることは望まずとも、夫婦として冬隼と頼関係を築いていきたいと願っていた。そして迎えた対面の日……自の役目を全うしようとした翠玉に、冬隼は冷たい一言を放ち——？グハグ夫婦が織りなす後宮物語、ここに開幕！

価:726円（10%税込み）

Illustration：憂

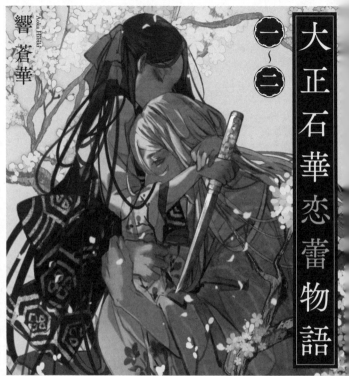

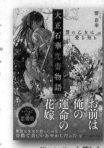

この作品に対する皆様のご意見・ご感想をお待ちしております。

おハガキ・お手紙は以下の宛先にお送りください。

【宛先】

〒150-6019 東京都渋谷区恵比寿4-20-3 恵比寿ｶﾞｰﾃﾞﾝﾌﾟﾚｲｽﾀﾜｰ 19F
（株）アルファポリス　書籍感想係

メールフォームでのご意見・ご感想は右のＱＲコードから、
あるいは以下のワードで検索をかけてください。

アルファポリス　書籍の感想　検索

ご感想はこちらから

アルファポリス文庫

あやかし薬膳《やくぜん》カフェ「おおかみ」3

森原すみれ（もりはら すみれ）

2024年 3月31日初版発行

編　集－藤長ゆきの・宮坂剛
編集長－太田鉄平
発行者－梶本雄介
発行所－株式会社アルファポリス
〒150-6019東京都渋谷区恵比寿4-20-3 恵比寿ｶﾞｰﾃﾞﾝﾌﾟﾚｲｽﾀﾜｰ19F
TEL 03-6277-1601（営業）　03-6277-1602（編集）
URL https://www.alphapolis.co.jp/
発売元－株式会社星雲社（共同出版社・流通責任出版社）
〒112-0005 東京都文京区水道1-3-30
TEL 03-3868-3275
装丁イラスト－凪かすみ
装丁デザイン－ムシカゴグラフィクス
印刷－中央精版印刷株式会社

価格はカバーに表示されてあります。

落丁乱丁の場合はアルファポリスまでご連絡ください。

送料は小社負担でお取り替えします。


ISBN978-4-434-33467-2 C0193